プライベートダンジョン2
～田舎暮らしとダンジョン素材の酒と飯～

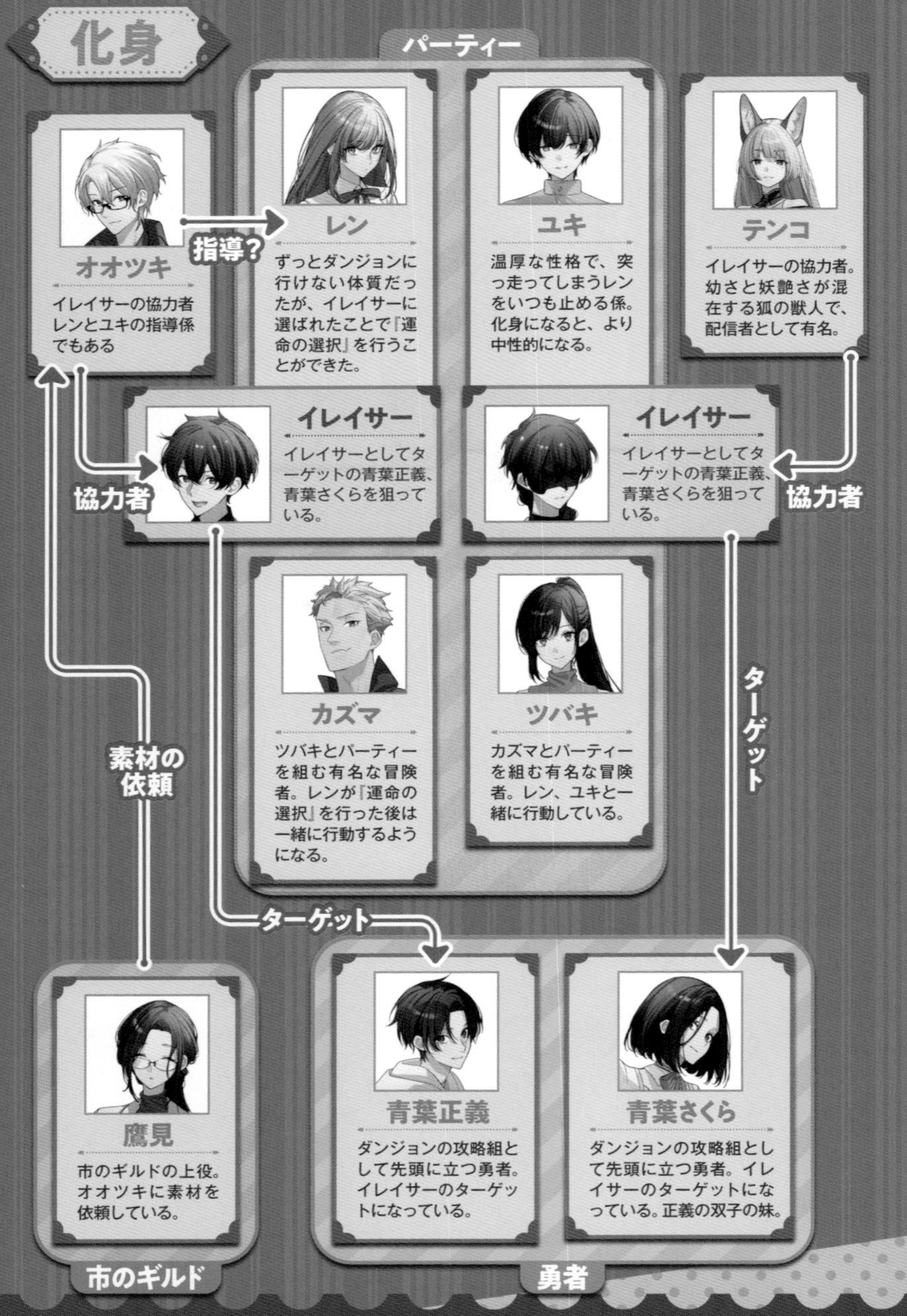
化身
パーティー
オオツキ
イレイサーの協力者
レンとユキの指導係
でもある
指導？
レン
ずっとダンジョンに
行けない体質だっ
たが、イレイサーに
選ばれたことで『運
命の選択』を行うこ
とができた。
ユキ
温厚な性格で、突
っ走ってしまうレン
をいつも止める係。
化身になると、より
中性的になる。
テンコ
イレイサーの協力者。
幼さと妖艶さが混
在する狐の獣人で、
配信者として有名。
イレイサー
イレイサーとしてタ
ーゲットの青葉正義、
青葉さくらを狙って
いる。
協力者
イレイサー
イレイサーとしてタ
ーゲットの青葉正義、
青葉さくらを狙って
いる。
協力者
カズマ
ツバキとパーティー
を組む有名な冒険
者。レンが『運命の
選択』を行った後は
一緒に行動するよう
になる。
ツバキ
カズマとパーティー
を組む有名な冒険
者。レン、ユキと一
緒に行動している。
素材の
依頼
ターゲット
ターゲット
鷹見
市のギルドの上役。
オオツキに素材を
依頼している。
青葉正義
ダンジョンの攻略組と
して先頭に立つ勇者。
イレイサーのターゲッ
トになっている。
青葉さくら
ダンジョンの攻略組とし
て先頭に立つ勇者。イレ
イサーのターゲットにな
っている。正義の双子の妹。
市のギルド
勇者

生身

親戚

柊蓮花

以前は街に住んでいたが、最近山の方に引っ越してきた活発な女の子。青葉正義にストーキングされていた。

柊雪杜

蓮花と同様に最近山の方に引っ越してきたおとなしい男の子。青葉さくらにストーキングされていた。

佐々木一馬

柊家の分家である佐々木家の出身で、現在は一人暮らしをしている。

佐々木椿

一馬の姉で、クール系美女。滝月要のことが気になっている。

隣人

滝月要
(たきづきかなめ)

山の一部を柊さんから購入して田舎暮らしを満喫している自由人。以前は政府系の仕事をしており、現在はダンジョン素材で商売している。

食仲間

市のギルド

鷹見

滝月とは食通仲間。いろいろな美味しい店を滝月に紹介している。「翠」もその一つ。

ストーカー

青葉正義

柊蓮花、柊雪杜とは幼馴染。蓮花につきまとっている。

ストーカー

青葉さくら

柊蓮花、柊雪杜とは幼馴染。雪杜につきまとっている。

Contents

プライベートダンジョン2

~田舎暮らしとダンジョン素材の酒と飯~

じゃがバター

イラスト
しの

1章　望むカード

さて、ダンジョン。

1層の魔物も復活しているが、偶数層のスライムだけでなく、奇数層の食材類も通り道以外はスルーする。

うちにできたダンジョンは、イレイサーの手伝い――生産をする代わりに聖獣がくれたもの。奇数層は私の望みの食材系のドロップ、偶数層はイレイサーの役に立ちそうなもの。またはイレイサーのダンジョンでドロップするもの。

銃弾の素材だったり、回復薬の素材だったりと偶数層のドロップは統一性がない。そのため現れる魔物は、何を落としてもおかしくないスライムで固定。

今回は、45層から50層まで済ませるつもりなのでさっさと通り過ぎる。

通り道にいる魔物は倒していくが、正体が分かっていればそう面倒な魔物はいない。いなかったのだがな？

45層の魔物はキノコ。こいつら動かんのだが、毒の胞子《ほうし》を飛ばしまくる。いや、毒を飛ばしてきたところで、倒すの自体は面倒でもないか。面倒なのは私の膝丈《ひざたけ》ほどもあるこいつらが増えるからだ。

通常ダンジョンの層に出る魔物はだいたい数が決まっている。魔物の種類によって数に違いはあるが、そう驚くほどの差ではない。大抵大型の魔物は少なく、小さな魔物は数が多い。貝のようにあまり動かない魔物も多めか。

ただ、このキノコ、こいつはダンジョンの通路が詰まるほど増える。飛ばした胞子が菌糸《きんし》となり、蜘蛛《くも》の巣と綿埃《わたぼこり》の間のようなコロニーを作るのだが、コロニー同士がひっつくと、そのコロニーを覆《おお》い尽くすようにキノコが生える。

菌糸が伸びるまで間があるため、そのまま通り過ぎることもできるのだが、次に通る時にはキノコだらけだ。

キノコは光の粒に変わる間際《まぎわ》にも胞子を吐き出し、周囲一帯に振りまくためタチが悪い。キノコを火で焼き払うのが簡単なのだが、能力以外の火ではこっちが酸欠になる。

ダンジョン内は通常の層ならば、どこからか空気の供給があるのだが、大きな火を使うと供給が間に合わなくなる。『化身』ならば死ぬことはないが、酸欠で倒れている間に他の魔物に襲われるのは遠慮したい。

苦無《くない》でキノコを倒す。倒すこと自体は硬い魔物でもないため、特に問題なく。毒の胞子も影響のない距離からの攻撃なので問題ない。

投げては魔物以外の何かにぶつかる前に、結んである紐《ひも》を引いて戻し、投げては戻し。そして倒したあと待つことしばし。

胞子が壁や床に菌糸を伸ばし始めたところで毒を撒く。深い層ならともかく、この菌糸はこちらを積極的に攻撃してくることもなく、簡単に駆除できてしまう。

私が使った毒は、役に立ちそうにないなと思いつつ集めた32層のスライムの【毒】だ。カード化した【毒】を出しては【開封】して使う。

通常は青白いような菌糸が多いのだが、このダンジョンは菌糸も赤黒い。赤黒い絡《から》まった糸のような菌糸は、毒を使うとあっという間に溶けてなくなる。少々面倒だが、あとでもっと面倒なことになるよりはましだ。

魔物扱いではないようで、ドロップカードは出ない。【毒】のカードが思わぬところで役に立った。

特にもったいないとも思わない弱い毒なのもいい。心置きなく使える。

ああ、菌糸が生えるのをただ待っているだけでなく、次のキノコを攻撃していればいいな。面倒だし、さっさとリトルコアと下へ降りる通路が出てくれるといいのだが。

ドロップは『シイタケ』『ドンコ』『干しシイタケ』、たぶんこれでワンセット。『シメジ』『ブナシメジ』『ブナシメジ（白）』、『白マイタケ』『黒マイタケ』『茶マイタケ』。

おそらく3種類の属性違いの魔物が出ているのだが、色の見分けが不可能なので。胞子の毒の種類が違うのだと思うのだが……。

キノコ同士の毒は効かんので、この層では使えないのだが、これもちょっと集めるか。45層だ、32層の毒よりは強いだろう。

薄明るい洞窟《どうくつ》のような通路を、キノコの駆除をしながら進む。庭の草もこれくらい分かりやすい駆除方法があればいいのだが。

「ん?」

走ってくる赤黒いモノ。

鶏か?

走ってくるモノにキノコが反応して胞子を振り撒いている。赤黒い胞子の煙幕《えんまく》の背景に混じってよく見えん。

確認する間もなく、苦無を投げて迎撃。火の羽根を飛ばしてくるが、こちらの攻撃が当たり首を落としたあとのため、狙《ねら》いがそれ、宙に向かって羽根が明後日《あさって》の方に飛んでゆく。

色が分からんと、羽根を飛ばしてくるタイプなのか、口から何か吐くタイプなのか判別できん。全部羽根を飛ばすタイプだと思って用心するしかないな。

キノコよりは強い。10層以前の鶏は外の鶏と大きさもそう変わらなかったのだが、この鶏は

3倍近い。奇声を上げながら、こちらを蹴《け》ろうと向かってくる。首がなくても向かってくる。なかなかのホラー？　全てが赤黒いのでよく分からん。最後に飛ばしてきた羽根を避けて戦闘は終了。

鶏の形状なら3倍あっても弱点である首は細いので、苦無を一度投げるだけで済む。特に弱点を隠すわけでもなく、一直線に向かってくる魔物は楽でいい。

キノコはピンポイントな物理系の弱点がないので、倒すのに時間がかかるのだ。

それはともかく鶏だ。

15層のリトルコアが出した地鶏！　おそらくそれが出るはず！　出るったら出る！　そしてこの鶏はリトルコアではない！　カードに封入されている数は少ない！

宙に浮かぶ2枚のカード。どきどきしながら近づき、確認。

『比内地鶏《ひないじどり》』『名古屋コーチン』。

よしっ!!

浅い層のリトルコアのドロップは、深い層の同系列の魔物から出ることがほとんどだ。ほとんどなのだが、出ない場合もあるので、ちょっと不安だったのだが、これで出ることが確定した。

黒猫、いい仕事をしている。

45層をくまなく回りたい欲求と、さっさと50層に行かねばという目標が心の中で戦っている。鶏……小分けで出るとはいえ、全部回ったら使い切るのは大変だしな。だが、リトルコアがいる層だ、リトルコアに遭《あ》うまでは。

他の魔物は行動範囲が狭いのだが、リトルコアは層全体を移動する。倒しておかんと、帰り道に遭遇《そうぐう》するハメになる。うん、層を回る立派な理由だ。

階段をスルーして、45層を回る。首無し鶏が走ってくる絵面《えづら》にも慣れた。シイタケの類は店に流せる量になり、キノコの菌糸を処理することがいい加減面倒になってきた頃、リトルコアに遭遇した。

鼻から赤黒い炎を吐き出し、片方の前足で地を掻《か》いている。首を下げ、角をこちらに向け走り始めた。背後で赤黒い胞子が飛び散る。

牛か。

十分引きつけて、避け、すれ違いざま刀を振るう。

「……っ」

いかん。強化も腕力も足りん。慌《あわ》てて刀を引く。

イメージ的には首を落とすところまでいく予定だったのだが、骨で止まった。振るった手が痺《しび》れている。危うく刀が抜けず、引きずられるところだった。

牛はそのまま進んで壁にぶち当たり、方向転換してまた向かってくる。首から血飛沫《ちしぶき》の代わりに赤黒い光の粒を撒き散らしつつ、速度を緩めることなく突進してくる。

横に避けるのはもう無理だろう。45層のリトルコアは、続けて同じ手にかかるほど単純ではない。体力が減るから、あまりアクロバティックなことはしたくないのだが。

牛に向かって走り、床を蹴り、壁を蹴って、先ほどつけた傷をなぞるように、上から剣を振るう。すれ違った牛は、光の粒となって消えた。

……牛乳じゃなく、牛だった。牛乳やバターが出たので、なんとなく今回も加工食品かと思っていたのだが、ドロップカードの絵は牛1頭。

『松阪の牛』『神戸の牛』『近江の牛』『米澤の牛』……、2回り、3回りほど小さく描かれているのは、仔牛《こうし》だろうか。

これも開封ダンジョン行きだな。食肉に加工してくれる場があるとはいえ、この市にあるそれはとても小規模だ。リトルコアのドロップカードから出る量に対応できない。牛豚を飼っている個人で解体を受けてくれるところはさらに無理だ。

そういえばマグロは今頃【開封】され、セリにかけられている頃だ。1種類ずつカードに封入したものをもらえることになっている。受け取ったら鷹見《たかみ》さんに紹介された魚屋に解体してもらって、関前《せきまえ》さんを始め、料理人と分ける。

5層のリトルコアのカジキも同じく、だ。開封ダンジョンの使用料と、『ブランクカード』の代金、運搬費などでだいぶさっ引かれるが、棚やら寝椅子やら、いろいろ揃《そろ》えた分は取り戻せる——はず。

その当てがなかったら、さすがに政府の某所に置かれるような、有名作家の寝椅子には最初から手を出さない。

この牛も1頭ずつ分けてもらって、その後さらに料理屋の人たちと分けることになるかな。ダンジョンで解体してもらえれば、『ブランクカード』がなくても【収納】できるので、少しずつ食うこともできるが、プロの料理が食いたい。牛はまた狩ればいいのだ。

……あとで牛のブランドを調べよう。

地鶏と比べて、食い比べをする難易度が高そうだ。

リトルコアを狩りまくってもいいのだが、食料品については一定数を超えると政府買い上げの、非常備蓄や危険を承知の輸出——船便、手練《てだ》れの冒険者つき——に回されてしまうのでほどほどに。政府の買い上げ価格は安いのだ。

まあ、それなりに納品をすれば、代わりに海外の珍しいドロップカードを回してもらえるとも聞くが。それもこのダンジョンがあるから、私には不要。どちらかというと、自分用に備蓄しておいた方がよさそうだ。

このダンジョンの存在は、イレイサーに左右される部分がある。万が一、消えてしまった時のために……。

いかん、さっさと50層に行って、効率的にダンジョンの攻略を進めねば。3層で鶏を追い回して時間をかけていたが、今ここで地鶏が出てるだろう、過去の私！　今の私も反省しろ！

正しいのは、進めるところまで進め、欲しい食材が出る層を確認して、そこを重点的に回る。幾度も同じ層を隅々まで回るのは、レベル的に先に進めなくなってから、レベル上げがてらで！

それに刀をもっと【強化】せねば。

――と思いつつも、今出た『強化のカード』をコートに使う。添えるのは『黒蝶真珠』と『ブラックドラゴンの皮』。


『強化、分岐』


ダンジョンの言葉と共に、カードが現れる。武器防具をどう成長させるか選ぶカードだ。

一定以上強化すると、分岐が出る。分岐を迎えると、『強化のカード』の他にアイテムが必要になり、揃えないと強化が止まる。

コートにはちょうど分岐のタイミングが来ていた。

浮いているカードは、【収納増加】【排出距離】【回収距離】【物理防御力】【魔法防御力】【修復促進】。

【排出距離】【回収距離】の2つは初めて見たし聞いたが？

分岐は片方しか選べないものもある。片方を選ぶと、もう片方が次回以降、カードが出てこなくなる。字面からして対のようだが、この2つは両立できるものだろうか？

どちらにしても選ぶのは、【修復促進】か【排出距離】だな。読んで字の如《ごと》くならば、後者は私の能力と大変相性がいいはず。

【回収距離】についてはおそらく、アイテムやカードを回収できる範囲なのだろうが、カードについては、苦無を投げて触れればいいのでパス。

もしかしたら、いち早く、誰が奪ったのか不明なままに、例えば本来パーティーで分けるはずのリトルコアのカードを全て回収する、などということもできるのかもしれんが。――ソロの私にはそれこそ関係がない。

それはいいから、数字違いの同じカードをスタッキングして使用を1枠にする能力をくれ。あるの知ってるんだぞ！　まさか『時間停止』と対ではないよな!?

少し悩んだが、【排出距離】のカードを選択。試しに菌糸に向けて出してみる。

通常、手の中か指先の5センチ先に浮かぶのだが、10センチ先に浮かんだ。やはり字面の通りらしい。この10センチの距離は強化の度に増えていくはずだ。

「【開封】」

毒をかぶった菌糸が、たちまち溶けるように消える。

うむ。いい感じだ。菌糸にあまり近づかずに済む。菌糸相手に何度か試し、どうやら手の中から10センチ以内で、任意の場所に出せるようだ。

日本刀はもう分岐が来てしまい、強化ができないでいる。

普通は、最初の分岐にぶち当たる頃には、それなりのアイテムがドロップする層に到達していて、強化に使うアイテムを見繕《みつくろ》って準備をしているものなのだが。

実際、私は苦無とコート、『変転具』に使うアイテムは次回の分岐用にと、いくつか確保している。が、銀の腕輪と日本刀については、それが間に合っていない。

『強化のカード』の落ちる率が高いという、嬉《うれ》しい理由なのだが。

分岐の時に必要なアイテムは、そうきつい縛りがあるわけではない。木の武器なら木、革の防具ならば革と、大抵見た目と同じ系統の素材を添える。もしくは宝石。

ただ、浅い層の階数で出たアイテムでは、分岐のカードの出現枚数が減ることがある。深い層のアイテムだからといって、分岐のカードが増えるわけではないのだが、聞いている限り最大は5枚だ。

47層は『イベリコ豚』『マンガリッツァ豚』『バスク豚』『金華豚』『三元豚』……、『マカジキ』『クロカジキ』……、という重量級だった。

さすがに倒すのは道中だけでいい、となって、見つけた階段をすぐに降りた。

出現した魔物はイノシシにツノが生えたような、赤黒い炎をまとった姿をしていた。

おそらくまとっていたのは闇と光と炎の3種類、攻撃方法的に。闇と炎は突進してくるタイプ、おそらく触れるとそれぞれの属性ダメージ。光は光弾を飛ばしてくる。

おそらくだらけだが、攻撃は避けているし、魔物本体も光弾も含めて全部赤黒いんで、まとったものの形というか、ゆらぎの様子から推測しとるだけなので。あ、光弾は能力を収集したので確実だ。

スライムはどうでもいい。ドロップが薬草系や鉱石系であまり大きくないものなので、リトルコアのドロップに期待。道中に期待する食材ドロップとは正反対だな。

スライムの持つ能力は多彩なので、ある程度は能力を奪ってストックしておきたい気持ちはある。

具体的にいうと、【収納】の1枠分、99枚のカードをストックしたい。

能力集めは始めると、つい夢中になってしまうので自重。

新しく出会った敵の能力を確認するために少しだけ奪って、確認してさっさと使ってしまう。でないと半端な能力カードで【収納】が埋まる。

次に来た49層は、『オニオコゼ』をはじめとしたオコゼ類、キチジ類。そしてタコ！『マダコ』『イイダコ』『ミズダコ』。

オコゼを出す魔物も、キチジを出す魔物も、タコを出す魔物も、おそらく色と模様を周囲に合わせて変える擬態系。近づくと毒針を飛ばしてきたり、吸盤のついた足で絡めとろうとしてくる。

相変わらず赤黒いので擬態できてないわけだが。

オコゼは煮魚だろうか、唐揚げだろうか。タコ料理も調べねば。キチジはキンキか？海辺に派遣されていた時に、かまぼこを作るのに使われていたような？

政府に所属していた頃は、イレイサー関係以外にも、海から上がってきたリトルコア討伐の補助に駆り出されることが多かったので、魚系は少し調べているのだが、まだまだだ。魚ももっと、さらに肉系も学習せねば。

——派遣された時はちゃんと仕事もこなしたぞ？名物を食ったり、【収納】する食材の吟《ぎん》味《み》をしたりの方が長かったのは認めるが。

リトルコアのスキルを、隠れて止める簡単なお仕事だったしな。倒すのは地元の勇者たち、その方がそこに住む人が安心して地方が安定する。

魚は関前さんに回したいのだが、ここは堪《こら》えて先に進もう。せめて50層をクリアしてからだ。

そう思って足を進めると、ダチョウのような孔雀《くじゃく》のようなモノが走ってきた。地を蹴る爪は鋭く、口から火の玉を吐き、それを追うように走り込んでくる。

火の玉で、私が避ける場所を制限したのか。ダンジョンには広間と呼ばれる広い場所もあるが、大抵の場所は洞窟というか通路というか、狭い。狭く、動ける場所が限られる。

苦無で首を落としても、絶対コイツはそのまま走ってくるんだろう？　知ってる。

なのでまず足を壊し、ふらつき狙いが定まらないまま突っ込んできたところを、日本刀で首を斬る。

牛よりは細いのもあって、今度はきちんと斬り落とすことができた。それでも2、3歩走っていったが。

鶏肉系かな？　回収したらさっさと進むつもりでドロップカードを見る。

『ターキー』――七面鳥《しちめんちょう》か。このカードを落とした、先ほどの魔物とは似ていないシルエット。食ったことはないが、丸焼きのイメージはある。他のカードも七面鳥類か？

『ワイルド・ターキー』――野生の七面鳥……にしてはイラストは瓶《びん》？　『ワイルド・ターキー

8年』『ワイルド・ターキー樽』。

酒、酒だなこれ!?

ちょっと待て、黒猫！　ターキーの単語がかぶってるだけだろうが！　いい加減な！　大変ありがとうございます！　いや、違う！　ドロップがおかしい！

混乱気味に鳥の魔物を探して、自ら突進する私。好みの酒ではないかもしれんが、ガラス瓶入りの酒なら棚に並べたいよな？

そんなこんなで、50層リトルコア前で休憩中。

階段を見て、正気に戻って大人しくリトルコアだ。回るのは、黒猫の言っていた能力カードを手に入れてから！

1層あたり1時間と少し、相変わらずスライムは走り抜け、他は欲望に負けてウロウロしそうになりながらなので、ずいぶん時間に偏りがあるのだが、平均するとそれくらいだ。

休憩して体力を回復させたら50層のリトルコアだ。

スライムなのは確定として、50層からは敵もまた強くなる。赤黒いと見ただけではどんなスライムなのか判別がつかんので、どうしても最初は様子見になる。

なかなか面倒だが仕方がない、そう思いながら弁当を出す。

スライムはドロップが楽しくないから、相手にするのが少し面倒臭いのだ。いや、イレイサーへ回す薬や弾丸の素材が結構な数で出るので、助かっている。

気力の回復待ちがてら、弁当を食う。

白いご飯に心持ち濃い目に味をつけた鶏の照り焼きが載る。

他のおかずとの境界に青紫蘇の緑、オレンジで味付けしたニンジンのサラダ、シシトウと茄子《なす》のピリ辛炒《いた》め、半分に切った茹《ゆ》で卵の白と黄色。

大きめの木の弁当箱である。

スライム製品——昔のプラスチックの代用——と比べて汁垂れしやすいのだが、【収納】してしまえば問題ない。木は、炊きたてのごはんに含まれる水分をほど良く吸収してくれる。ウレタン塗装は手入れがしやすいが、だったら最初からスライム製品でいい。弁当のふっくらごはんのためなら、手入れの手間くらいなんでもない。

そういうわけで、白木のまげわっぱと、漆塗りのまげわっぱが手元にある。オークションで買った、どちらも同じ製作者のものだ。今日は漆塗《うるしぬ》りの方。

照り焼きの甘辛。この場合の辛いは「しょっぱい」だ、とてもごはんに合う。この照り焼きも、次回は地鶏でできるのか。楽しみすぎる。

茄子とシシトウのピリ辛、こちらは「辛い」。わざと塊を残した挽肉《ひきにく》が、口の中でホロリと

崩れる。茄子を紫蘇で包んで食べるのも味が変わっていい。こちらもうっかりごはんが進んで足らなくなる。

ニンジンサラダはオレンジが爽《さわ》やかで、口の中がさっぱりする。弁当にすると料理が2割増美味《うま》く感じるか、２割減残念な感じになるかのどちらかなのだが、今日は上手くいった。

さて、食休みしたらリトルコアだ。

50層リトルコア。相変わらずの赤黒い影、形は鹿。

スライムは他の魔物の姿や能力を取り込むことがある——というか、深い層に出るスライムはそういうモノが多い。私はまだ遭ったことはないが、こちらの姿を盗むモノもいると聞く。

普通に登場されたら、鹿系の魔物と思うところだが、ここは特殊なダンジョン。そして偶数層はリトルコアであってもスライムと決まっている。

とても木の皮をひっぺがして食っているやつとは思えないような叫びを上げて、突進してきた。鹿って鳥食うやつもいたな、そういえば。

その前に魔物だしな。

私の倍以上ある体高、張り出した肩、４本の大きなツノ、そのツノの重さに揺らがない首の筋肉。……いや、スライムなので筋肉は変か。頭で分かっているつもりでも、本物の鹿の魔物と勘違いしそうになる。

鹿のツノに火球がいくつも灯《とも》る。

苦無を投げて鹿に傷をつけ、スキルを止める。『スキル奪取』は対象がスキルを使う準備に入ったタイミングで、どこかに傷をつけることが条件だ。もちろんスキルが完全に発動する前にだ。

傷をつけるのは、苦無の貫通力を重点的に上げたおかげで、だいたいなんとかなる。

スキルの準備から発動まで、ほぼノータイムの魔物もいるが、ありがたいことにリトルコアが使用するスキルは大技が多く、大抵は準備動作がある。

この鹿の場合は、ツノに火球が灯ること。たぶんスキルを奪わなければ、こっちに向かってあの火球を飛ばしてきたのだろう。

スキルを奪うということは、スキルを止めること。対象が遥かに強いと上手くいかないこともあるが、便利な能力だ。

なんというか、戦闘補助には大変向いている。問題はソロでは倒す決め手が弱いこと。他のリトルコアから奪ったスキルを使えば簡単なんだが、それだとカードがどんどん減ってくだけだ。

そういうわけで、まずやるのは道中で奪った毒やら溶解やら細かいスキルカードの在庫一掃。

【収納】整理ともいう。弱点と思《おぼ》しき場所への苦無の投擲《とうてき》――どっちが悪役なのか怪しいひどい絵面な戦闘だが、見ている者もおらんし気にしない。

弱点がもう少し小さいといいのだが。魔物らしく、例えば心臓を貫通しても半分以上を潰《つぶ》さねば倒せないパターンが多いのだ。そしてこの鹿は、鹿と見せかけてスライムなため、心臓というか弱点である核を、おそらくどこかに移動させた。

日本刀を強化せんと時間がかかってダメだな。くっそ面倒だ。『魔月神《まがつかみ》』は大技系を選択し鍛《きた》えれば、おそらくもう少しまともな戦闘になるはず。……私自身の能力が、速さと気力を中心に選んできたので、物理系の大技は力が乗らずに使いこなせないかもしれんが。

レベルアップがまた可能になったとはいえ、十数年かけて上げたものに早々追いつけるわけもなく。上乗せされているのだから文句はないが。

仕事を辞める時、装備一式返してしまったが、武器は知らんふりして持ち出せばよかった。このダンジョンは『強化のカード』が出やすいとはいえ、果たしてあのレベルまで強化ができるのかどうか。

代々受け継がれ、その時々の持ち主が強化を繰り返した政府管理のダンジョンの武器。50年前に突然現れたダンジョン、だが政府の所有していた武器はもっと前から存在していた。

おそらく、ダンジョンは一般に知られるもっと前からあり、各国の政府によって隠されていた。民間より強い装備、早い順応……、まあ、混乱が抑えられてなによりなので、それを糾弾《きゅうだん》するつもりはない。

政府に信頼をよせてるわけじゃないが、個人や民間会社が変に主導権をとるよりはいい。建前でも一応全国に意識を向けとるしな。

退職金代わりに使っていた武器をくれれば、もっと敬ってやってもいいんだが。あれがあれば——いや、待て。スローライフ、スローライフ。

草と虫の襲来さえなければ、理想的な家と理想的な環境で、自分の時間を使っているんだ。今はこのダンジョンで忙しいが。

見晴らしのいい山の家、空、遠くに海。ほどよい距離感のご近所、気ままな一人暮らし。美味い食材、採れたての野菜、遠い大地の肉、深い海の魚——。それらを食うことは、まさに自然と一体！

いや、違うが。

考え事をしながら、鹿から慎重に距離を取って苦無を投げることを繰り返していると、鹿が光の粒になって消えた。

このスライムのドロップはこの前後の層で出そうな物を落とすこともあれば、姿を盗んだ魔物のドロップを落とすこともある。本当に雑多なのだ。

まあ、このダンジョンには法則がある。

奇数層は私が望む物、偶数層はイレイサーが望んだか、イレイサーの役に立つ物。おそらく薬か、弾丸に使う材料が中心。

――が、あのイレイサー、ダンジョン攻略が初めてという変わり種で、必要とする物の方向性が曖昧《あいまい》だったようだ。

黒猫が一回修正してくれたわけだが、それはイレイサーのダンジョンであって、私のダンジョンではない。

私のダンジョンの修正は、私の望み。その望みに従い、末尾5の層にスライム以外のリトルコアが出るようになった。

そういうわけで、当初のふんわりしたイレイサーの願いのまま、このダンジョンのスライムのドロップは本当にカオスで何が出るか分からない。

もう偶数層はどうでも良くなっているのでいいのだが。

目の前に浮かぶ5枚のカード、リトルコアの倒れた場所に浮かぶ15枚のカード。近くに浮かぶ物は個人カードで他の者には見ることも叶《かな》わない。

ここに黒猫との約束の能力カードが浮かんでいる。おそらく、これで赤黒い魔物相手でも、弱点の場所が分かりやすくなるはず。

「『天地合一《てんちごういつ》』」

なんの能力だこれ？

「天人合一《てんじんごういつ》」ならばともかく、天地？

天と人とは理を媒介にしてひと繋《つな》がりだと考える、古代中国の思想。天と人間とは本来的に合一性を持つ、あるいは、人は天に合一すべきもの。

それの一字違い。似たような意味か？　どんな能力かさっぱり分からんのだが。

レベルアップと能力のカードは、【収納】ができない。というか、触れようとして触れるとカードが発動《ひらい》してしまう。

それは指先でもコートの裏地でも一緒——だと思う。レベルアップカードでは実験しているのだが、能力カードでは試したことがないので断言はできない。

リトルコアからの能力は『変転具』に登録される。登録された能力の数で強化が割られる感じなため、覚えた数が多いほど個々の能力は育ちが遅い。

『強化カード』が落ちやすいとはいえ、できれば覚える能力は絞りたい。触れずにこの層を出てしまうか？　この能力はパスする？

「報酬のダンジョンでは対象を倒す上でアンタらが必要だと思うカード」だと黒猫は言った。

一応リトルコアの倒れた場所にある、共通のドロップカードも覗《のぞ》いてみたが、他に能力カードは見当たらない。

ついでに能力カード以外を回収。『火炎鹿の魔石』『リトルコアの魔石』辺《あた》りは必ず、誰でも触れられる15枚のカードの中に出る。代わりに『鍵』はその個人にしか触れられない5枚のカードの中だ。

『火炎鹿の皮』『火炎鹿の角』『火炎鹿の薬角《くすりのつの》』『火炎鹿の火薬』『ファイアオパール』『火炎鹿』

『火炎鹿の――。

ん？　『火炎鹿』？

これが丸のまま出るのはまずいのではないのか？　いや、角やら皮やら解体された肉は出ることが普通だし、いい、のか？

とりあえずこれは外に出さんようにしよう。

自分が動揺するようなものを、食い物ならともかく外に出すつもりはない。ダンジョン1部屋目の棚にでも放り込んで保留だ。

――本題に戻ろう、能力カードだ。

「報酬のダンジョンでは」という限定が微妙だが、ダンジョンでは聖獣の言葉には従ってお いた方がいい、はず。今のところ細かいところはともかく、このダンジョンは私の望み通りだ。

コートの裾《すそ》を翻《ひるがえ》す。

コートに包まれるカードに【収納】を発動。

『【天地合一】。己《おの》れを天地と一体化させ、気配を探る』

いや待て。

私は魔物の弱点の場所が知りたかっただけで、そんな壮大な物は望んでいない。

というか、リトルコアから出た能力カードの物は成長がくっそ遅い。これは名前的に絶対晩成型というオチだろう？

しかし覚えてしまったものは仕方がない。せいぜい活用させてもらおう……活用できるまで育つといいな。

それにしても予想通りの検証結果だったな。触れる意思があれば、触れたのがコートの裏地でも能力カードは開いてしまう。触れるというか、そのカードを望む意思と言った方がいいか。

『帰還の翼』が出た。レアだが、初めて踏み入れるダンジョンの一度目の50層では必ず出る。

ダンジョン1層、1部屋目に戻ることのできるアイテムだ。

使いたい気持ちを押し留《とど》め、次回のために楔《くさび》を打って歩いて戻る。

帰りに地鶏がいるしな！　とりあえずの目的は達成したので、狩って帰ろう。魚も仕入れておかんと。

【天地合一】はよく分からんかった。高レベルな魔物相手にはまだ弾かれているのかもしれないが、それより範囲が狭すぎる。触れていないと効果がない。

さすがに魔物と密着する気はないので、これも強化待ちである。

49層でせっせとワイルドターキーを狩り、タコを狩り、キチジを狩り——いや、狩ったのは魔物だが。酒が出ることが分かってしまったので、50層以降も早く進めたい。

だが安全のためにも、ある程度レベルアップと強化をせねば。

時間が許す限り食材を狩りながら、上に戻る。1部屋目でカードの整理、スライムから出た『リトルコアの魔石』は毎回棚に放り込んでいる。

素材はほぼ自分で生産に使って消費しているし、ダンジョンの進捗《しんちょく》が半分の25層だと思われているといいな、という姑息《こそく》な判断だ。

で、ワイルドターキーを【開封】。封のしてある瓶、中の琥珀《こはく》色の液体。ドロップした瓶を棚に並べて悦《えつ》に入《い》る。そのうちこの棚を酒でいっぱいにしたい。

ワイルドターキーの樽も3つ出してみた、こちらはイレイサーとアイテムのやり取りをする木箱のそばに積み上げた。さすがに開ける気はないが、ディスプレイとしていい感じだ。

で、ステーキで飲んでいる。

検索して、どうやら鹿肉や羊肉など少しクセというか野生の匂《にお》いがある方がいいと出た。牛でも分厚いステーキは合う、とも。

すぐ食べられる状態のものが牛肉しかなかった。夜もだいぶ遅いのだが、初めて飲む酒だし、仕方がない。分厚いステーキだ。

ミディアムレアのステーキ、こんがり焼けた外側、中は綺麗な赤。脂は少なめを選んだので、分厚く切った肉はもちっとした噛みごたえがあって、肉汁が広がる。

そこにワイルドターキーをロックで。肉の余韻が酒の匂いと混じって口内に広がる。

それにしても、これ、グラス買わんといかんな。また欲しいものが増えた。

◆◇◆◇◆

早朝草取り。

草取りマスターの助言通り、地面を必要以上に引っ掻き回さないようにしたら、確かに草の生え方がマシになった。

余裕が少しできたおかげで見ないようにしていた家の裏が、私の中で主張をし始めた。

土間《どま》の出入り口から家庭菜園までのルートはなんとか確保してるのだが。砂利《じゃり》を敷いてしまおうかとも思ったのだが、日陰になる場所は石に水槽のガラスにくっつくような苔《こけ》だか藻《も》だかがついて始末に悪くなることがある。

ふかふかの綺麗《きれい》な苔ならいいのだが、藻のような苔や銭苔やらはパスである。

まだ朝と言っていい時間だというのに、太陽がじりじりしてきたので終了する。蚊取《かと》り線香《せんこう》を回収、手入れの時に採り時だと思った野菜を収穫。

固く丸まりきらず、少しふかふかしているレタス。間引いたニンジン。

レタスを敷いた上に、ニンジンの葉と柿のサラダ。白飯と葉唐辛子《はとうがらし》の佃煮《つくだに》。

昨夜遅い時間に肉だったからな、あとは茶でいい。いや、柿を食べるならコーラを飲むべきか？

柿の渋みが胃酸やらと合わさり、柿胃石というのをつくるそうで、コーラはそれを溶かす。

ま、１つ分くらいなら大丈夫だろう。

柿の渋み、主成分が「シブオール」という名で少し笑う。

濃い味の葉唐辛子を載せたごはん。ニンジンの葉の独特な香りと爽やかさ、柿のほのかな甘み。

今日は生産ブースに顔を出し、薬の納品。商品を補充して——何をするか。薬のストックを増やしておくか。

私が50層に到達したのだし、イレイサーもそろそろか？　あちらはレベル1かららしいが、協力者よりさらに待遇が良いからな。

何より私が生産や草取りをしている間にも、真面目《まじめ》にダンジョンに通っているのだろうし。まだ回復薬を中級に変更してほしいという依頼は来ていないが、おそらくあっという間だろう。

そろそろ上位の調合道具の注文を済ませておこう。腐るものでもないし、早めに届いても問題ない。

問題は上位ともなれば、生産に使う素材が増えて、コートの【収納】を圧迫することだ。強化はしているが、間に合っていない。

保存しておきたい食材カードは増える一方だし、一度の強化で5つ枠が増えても、それまでに倍は取っておきたいものが増える始末。

それに日本刀も強化したいし、【天地合一】も強化したい。

いっそ『強化のカード』を少し買うか？　そう考えながら、オークションサイトを開く。

……アホみたいな値段がついとる。

私がしばらく覗かないうちに、相場が上がったのか？　以前の値段を知っている身としてはパスだ。以前でも十分高かったというのに。

諦《あきら》めて、調合道具の方に移る。

こちらもバカ高いが仕方がない。上位の薬は素材に毒を含んだり、製作の途中で毒の状態を経るものもある。

強力な毒を食らって腐食や劣化をしない素材というのは限られ、また、繊細な薬の成分に影響を与え変質させてしまわない素材も限られる。

上位品の中にもピンキリあるが、使われているのは具体的には深層のレアドロップ。ここで言う深層は、上位『攻略者』が行ける範囲でだが。

30層を越えると武器防具、生産道具に使うドロップ品の値段は跳ね上がる。40層でまた跳ね上がって、50層でも跳ねる。

純粋に行ける冒険者が少ないからだ。そして、深層に行くには装備を整えることは必須、でないと死ぬからな。命の値段だと思えば安い、はず。

そして、大抵そういった素材は加工が難しい。

高いんだよ、生産道具！　上位のものはだいたいどの生産でも！

だが今なら買える。ダンジョンで稼いだ金が、4、5千万ほぼ全額消えるが、買える。

欲しいものはたくさんあるが、うちのダンジョンで稼いだ金は、協力者としての仕事関係に優先して回すべきだろう。

大丈夫、これを買ったあとはそう高いものはない。いや、待て。瓶を作る道具もいる。

……高い。

うちのダンジョン、食料のくくりでは高いものが出ているが、食材は日常的というか、普通の生活で消費するものなので、びっくりするほど高くなることはない。

それでもリトルコアから大量に出たものが売れているので、外での生活基準で言えば大金だが。ドロップ品、全部自分のものだからな。

私が買った棚も机もベッドも十分高いが、それはどちらかというと、生活に使うものとしてのくくりでの話。

桁違いに高値がつくのは、ダンジョン内で何か効果が著しいものだ。防御力の高い布や革の素材、耐火効果つきの金属。

うちのダンジョンは、食い物が出る代わりにそれらのものがドロップする率は低くなっている。

私が到達している階層からすると、金にはなっていない。食材以外売っていないのも原因だが。望んだことなので後悔はしていない。

――仕方がない。地道に稼ごう。とりあえず、瓶が先だな。

上級、【正確】の性質上、作れることは作れるが、時間がかかる。それこそ数をこなせば、作るスピードは上がるから、しばらくは諦めてやるしかないな。

もちろんそれなりに作れるようになれば、薬の素材は食材のついでに拾えるはずだし、初期投資の赤字は取り戻せる。

が、【収納】と時間の圧迫！　おのれ！

自分でも理不尽だと思う怒りを覚えながら、瓶製作の道具を選ぶ。調合皿とかは薬の道具とかぶるのだが、なんとなく分けたい派だ。

む……瓶から薬までの製作道具一式セットがある。しかも調合皿別途バラ売りあり。

おそらく私のように瓶から整える派向け、珍しいな？　いや、量が出る初級から中級までの薬屋は、瓶は買う派が多いが、上級は逆に自分で作る派が多いのか？

……あまり気にしたことがなかったが、確かにそんな印象かもしれない。手間暇かけて最上を、みたいな。私は付き合いの面倒なく、高く売れればいい派だが。

上級は基本セットなのは理解した。問題はどの金額のものを選ぶかだ。桁違いすぎて、金銭感覚が怪しくなりそう。

市のダンジョンへ行き、生産――の前にツツジさんとアイラさんに連絡をとる。メッセージは「2人に素材を見てほしい」、それと名前だけ。

冒険者カードのメッセージなので、長文は送れない。私が2人と書けば、ツツジさんもアイラさんももう片割れが誰のことを指すかは分かるので、これでいい。

47層の『光の角豚』『闇の角豚』……今日の夕食は豚の角煮にしようか。いや、そうではなく、『火炎鹿』の皮と合わせて、これらの革が必要かどうかの確認だ。

アイラさんの方は46層のスライムが落とした布。

食材優先で出るので、皮も布もドロップ量はそう多くないのだが、それなりの深さの層で、市のダンジョンでは出ないものなので一応。

私の防具の更新の問題もある、2人には私が深い層の探索に向かうことをある程度知ってもらわんと困るという事情もある。

自分で作ることができればいいのかもしれんが、そうもいかん。

刀と防具、政府からかっぱらってくればよかったな。現実的ではないけれど、ついそう考える。オークションで買うという選択肢もあるのだが、いざ装備したら使いづらかった、がある。どちらにしても手入れの面で人の手が要る。だったら最初から2人に依頼した方が早いし、いいだろう。

――動画配信をチェックした限り、同じ協力者のテンコならば布装備も作れそうだが、あちらにバラすのだったらアイラさんにバラす方がいい。

テンコは、深い層のあれそれを取ってこいとか言い出しそうだ。

金払いは良さそうだが、その分金さえ払えば「都合はつけるものだろう？」という意識が見え隠れする。配信用の擬似人格かもしれんが、一度会った時の印象とそう変わらん。

それに工房に弟子というか、他の生産者がいるし、配信の編集やらでそちらにもスタッフがいる。親しい者に情報を漏らさないとは言い切れない。

イレイサーが対象を倒すまでの間は信用していいだろうが、その後はどうだか分からんしな。

お互いの生活圏に距離があるとはいえ、あまり深入りしたくない。

ツツジさんとアイラさんは、１人で生産を行っている。もちろん、使うパーツの素材によっては別の生産者に発注をしているようだが、基本は１人だ。今までの付き合いで、こちらの事情を人に話すような性格ではないことも分かっている。

スーツ、スーツと鬱陶《うっとう》しいが、信頼はしているのだ。アイラさんは言わずもがな。などと考えていると、アイラさんから返信。


『3時にブースで。ツツジがダメな時は、あらためて連絡するわ　アイラ』

作業に入ると寝食を忘れ気味なツツジさんに、アイラさんが声をかけて一緒に昼を食うことが多い。その時に相談、私は3時のお茶の時間に誘われるのではないかと思っていたので想定内。ツツジさんはたぶん、アイラさんに言われるまでメッセージに気付かないだろう。返事がないのも想定内。

了解、と送ってやり取りは終了。

自分の生産ブースの引き出しを開け、必要な素材のカードのチェック。

うちのダンジョンでも出るのだが、偶数層のスライムを内緒というか、なんとなく進んでいる層を半分に装っているので、市に納品する分の素材は今まで通り市のダンジョンで買っておく所存。

チェックを終えて、カードを買う。

カードの売買は販売ブースで現物を見て買う方法と、専用のサイトで買って販売ブースのカウンターに受け取りに行く方法がある。私は大抵後者。

欲しい物の名前と、階層指定で検索をかけて適当に買う。同じ名前の素材でも、深層でドロップした物の方が効果が高かったり安定して生産できる物が多い。だが、私がギルドに納めるのは初級の薬類、失敗もそうそうないので階層指定も大雑把《おおざっぱ》で済む。

ちなみにギルドの販売ブースでは、該当の生産者しか買えないカードもある。

分かりやすいところでは、季節の野菜。外の生産物を食べることが推奨されており、それ系のカードの売買が制限されている。だが、ダンジョンに持ち込む食事の生産者であれば、ギルドの売買ブースで買取が可能。

他にも一定数を生産者用に確保してから一般に流しているので、数が少ないものについては、該当以外の生産者や戦闘職の目に触れないまま売買が終わるものも多い。

もちろんギルドに売らず個人で売買している人からや、オークションで買えるものも多いし、自分で拾った物はそのまま使える。

リトルコアの魔石を始め、大勢の生活に関わる部分は、政府とギルドとで規制をしているが、他の物については金を払えばなんとかなる感じだ。

私の登録は調薬なので薬に関わる素材は買える。他に買いたい系統を1つ選べるのだが、当然食材を選んでいる。

同じ調薬をする生産者では、薬液に浸《ひた》して革の加工などをするために、革系を選ぶ者も多いらしい。まあ、それより知り合いに回せる素材の系統を選ぶ者の方が多いそうだが。

生産者は弁当の持ち運びに困るような職ではないので、食材を選ぶ者は少ない。深層に持っていくため、カードに『封入』するのでなければ、別に外の食材を使っても問題ないというか、外の美味い弁当屋の弁当でいいしな。

ちなみに料理の生産者はダンジョンに必ず数人はいるが、兼業も多いし、人気の生産職というわけではない。

一般人にはダンジョンの中では味より食べやすさの方が上回るし、わざわざ『ブランクカード』分の料金を払って弁当を買う客は少ない。

塩を振って焼いた肉でそこそこ美味いしな。美味《おい》しくて人気のダンジョンの弁当屋というのは稀《まれ》だ。

稀といえば『運命の選択』の【調理】や【料理】持ちがいるが、その能力は料理に能力値アップの効果や、耐性効果などをつけられる。味は関係ない。もう一度言う、味は関係ない。

政府の仕事の中でも難易度が高いものをふられた時、【調理】持ちの作った弁当を持たされたことがあるのだが、食ったらむしろ生命が減りそうだった。毒状態にならんのが不思議なレベル。

いかん、嫌なことを思い出した。昼は『翠《みどり》』に行って、美味いものを食おう、そうしよう。

自分のブースを出て、先ほど注文したカードを受け取りついでに藤田さんのところに行く。

スライム以外の、リトルコアからのカードを売り払うことが目的だ。当然、自分の分の小分けを希望。

売り払うといっても、リトルコアからの素材は開封ダンジョンでの競りで値段が決まるので、金額が確定するのはあとだ。安めでもいいのならすぐに金を受け取ることもできるが、そこまで急いでいない。

でも、この金を受け取ったら生産道具を買うんだ。

魚などの食材カードの補充も済ませ、ブースに戻る。

『翠』へは、混み合わない少し早めの時間に行きたい。とりあえず時間まで、薬瓶を作ることにして作業を始める。

『運命の選択』で得た、生産系の能力は複製の選択が出やすいそうだ。

素材が揃っていれば、1つ作ったあとから化身を解くまでの間、作った物を複製することができ、『強化』で複製の数が増える。

瓶や薬はいいのだが、弾丸は数がいるので少々羨《うらや》ましい。

ただ、『複製』を選択すると『一点もの』とか『心血』とかいう、生産物のクオリティを上げる系統の選択が出づらくなる。

逆に先にそれらを選ぶと、『複製』や『大量生産』などの一度に数を作る系の能力が出づらくなる。楽はさせてもらえない模様。

机に並ぶ出来上がったばかりの瓶を棚に並べ、次の瓶を作る。机いっぱいになったら、また棚に並べ――さて、まだ『翠』の開店には少し早いだろうか。

運動がてら歩いてゆけばちょうどいいか。魚や肉はともかく、『ドンコ』や『白マイタケ』

などのキノコ類ならば、紙袋にでも入れてぶら下げていける。

早速用意して移動する。散歩にはいい距離だ。


「こんにちは」

「滝月《たきづき》様、こんにちは！」

ちょうど暖簾《のれん》を出していた菜乃葉《なのは》と外で会う。

「今日は並んでなかった」

「一番乗りです。どうぞ」

笑顔で通してくれる。

『翠』は既に人気で、昼は開店前から2、3人待っていることも少なくない。夜はあまりにも混むので実質予約制になったし、昼は予約を取らずに先着順だが、3種類の定食からになり、数が限られる。

「こんにちは」

「いらっしゃい！」

カウンターの中の関前さんと挨拶《あいさつ》。

「差し入れです、使ってください。ギルドの方にもカードを登録してきましたので」

「椎茸と舞茸か。ありがとう」

袋の中を確認して関前さんがいくつか出す。

『ドンコ』は冬菇《どんこ》だ。傘《かさ》の部分に白いひび割れのようなものがあるし、普通の椎茸と違ってだいぶ肉厚で巻きが強い。香りもいいし、出汁《だし》もよく出る。

今日の『翠』のメニューは、豚肉のニンニク味噌焼き、牛すじ煮込み丼、煮魚（マコガレイ）。だいたい3種類のうち2食は市のダンジョンで手に入る――つまりお安い食材をメインに据え、残りの1食は私の家のダンジョンの食材だったり、鷹見さんがルート開発した食材がメインに据えられている。

前者と後者で値段が500円程度違う。関前さんの料理は安い食材が使われていても美味しいが、ここは煮魚で行こうか。ニンニク味噌焼きにも惹かれるのだが、化身に変わるとはいえ、人に会うしな。

卵持ちのマコガレイ、それに小鉢が3つ、漬物と味噌汁とご飯。二口ほどの小さなデザート。マコガレイは少し濃いめの味付けに、揚げたシシトウと大根おろしが添えられている、酒が進むと言いたいところだが、ご飯が進む。

小鉢の1つは、2切れずつくらいの三点盛りの刺身――なのだが、おまけされているようだ。彩《いろど》りにラディッシュの薄切りが飾られたネギのぬた、鳥牛蒡《ごぼう》。

「どうぞ」

「おお。これも美味しそうだ」

さらにおまけで先ほど差し入れた『ドンコ』のバター醤油焼き。

途中、どんどん人が入って来て関前さんと話す暇がなくなったが、『翠』の料理は今日も美味しかった。味付けは到底及ばないが、私も少し彩りなど考えよう。

ただ家庭でラディッシュの薄切りを1枚おひたしに載せる、なんてやってられんが。やるのは簡単だが残ったラディッシュをどうしていいか分からん。あれは、たくさん作るからこそだな。

いや、残りはサラダに混ぜてしまえばいいのか。一緒に出すのはなんだかなあという気もするが、翌日に回すとか？

出された料理のこと、自分の料理の改善を考えつつ、ダンジョンに戻って薬の調合をする。

棚の空瓶が薬でいっぱいになる頃、アラームが鳴る。

さて、ツツジさんとアイラさんに素材を見せに行く時間だ。捲《まく》っていた袖を戻し、ネクタイを締め直して、外に出る。ワイシャツの袖の皺《しわ》は、ツツジさんのブースに着くまでには戻る。

そこは、外よりとても便利なところ。

個人ブース区画の通路を行く。待ち合わせの場所はアイラさんのブース、この区画はそう広くないのですぐだ。

ツツジさんのブースはさまざまな物が出しっぱなしになっているため、集まることに向いていない。私のブースと違って、広いのだが。

一方アイラさんのブースは整然と、しかも綺麗に飾られている。皺になりやすい布は天井から下げられ、他は系統ごとに棚に。糸は小さく分けられた大きな棚で色のグラデーションを見せる。

どちらが落ち着くかと言われれば、カラフルで華やかなアイラさんのブースより断然ツツジさんのブースなのだが。

「お邪魔する」

ノックをしてドアを開く。

「だって、絶対ワイシャツ姿で生産をしているのよ？　ネクタイはポケットに入れてるのかしら、肩にかけてるのかしら？　それとも外して、ボタンも外してたり……」

「……」

開けたとたんツツジさんの大きな声が耳に飛び込んできた。

ブースの主の、アイラさんと目が合ったが扉を閉めた。

ノックして、返事があってから入るべきなのだが、今日のようにツツジさんが興奮気味に大きな声で話していることが多く、ノックが聞こえない——という理由で返事を待たずに開けてしまっていい許可を受けている。

そして時々、今日のようにしょうもない話を聞くハメになるのだ。防音がかかっているため、ドアの前で耳を澄ましても物音が聞こえないので、タイミングを見計らって入るということも難しい。

防音は外での防音と同じ物ではなく、個人ブースを囲むパネルに『付与』されているもの。構造的なものではなく、能力的なものだ。

中の音が漏れることも、外の音が中に入ることもない。例外が、ドアの『ノック』と、それに対する『返事』。うちのダンジョンとイレイサーのダンジョンを繋ぐ扉と一緒だ。

「ごめんなさいね」

中からドアが開いて、アイラさんに招かれる。

ツツジさんはブース内で最大限に距離を取った物陰にいる。なかなか穏やかなコミュニケーションを取るのが難しい人物だ。事務的なもの以外、取れなくとも困らんが。

既に用意されていた3つ目のカップに、コーヒーが注がれる。

「コーヒー？」

「いただき物よ、お裾分け」

アイラさんが語尾にハートがつきそうな声で言って、ウィンク一つ。

鷹見さんかな？　私ももらったことがある。コーヒー豆は珍しく、結構値が張る物だ。気に入ってしまい買っているのだが、いつでも手に入るという物でもなく――ダンジョンで出ないかな？

「いい香りだ」

せっかくなので、しばしコーヒーを楽しむ。

アイラさんがツツジさんの分を運んで行った。もう私のそばに呼ぶことを諦めているらしい。

「さて。見せるのはあちらの机の上でいいか？」

広い作業台を目で指す。

おそらく生地を広げ、裁断などをする場所だ。

「ええ。どんな素材なのかしら？　楽しみだわ」

立ち上がって作業台のそばに移動。

ツツジさんも作業台の見える物陰に移動。そこで素材の判断ができるのか？

「アイラにはこちらを。ツツジにはこちらだ」

『平織りのロータス』『綾《あや》織りのロータス』『朱子織りのロータス』『スーパーファインメリノ

ウール』『17ミクロンのウール』『ダブルツイスト糸』『光のカシミア』『闇のカシミヤ』『風のカシミア』。この辺りは布と糸。

『光の角豚の皮』『闇の角豚の皮』『火炎鹿の皮』。こちらは皮。

「『火の角豚の皮』もあるが、確かこのダンジョンでも出たな?」

皮や革は市のダンジョンとドロップがかぶる物もあり、かつ、私のダンジョンはスライム以外は丸のまま落ちることが多いので、偏った。

ちなみに『皮』とつくものは、加工前の皮。『革』は加工が施され、すぐ使える状態でのドロップ。

手をかけて使える状態に持っていく工程で、皮の能力を引き上げるスキルもあるようで、『皮』と『革』のどちらがいいのか私には判別がつかない。

「何これ……。ロータスなんて治癒の効果が上がる布じゃない? それにこの糸……」

生地を撫《な》で、糸を触り、アイラさんが驚いている。

物陰で落ち着きのないツツジさんのために、私はコーヒーを飲んでいたテーブルに下がる。

ダッシュで作業台に行って、皮を確かめ始めるツツジさん。

「これ、かなりランクが高い! 45……いえ、もっと」

「46層と47層、鹿は50層だ」

コーヒーを飲みながら答える。

ツツジさんが【鑑定】持ちという話は聞かんが、触っただけで階層が分かるのか。職人の手は恐ろしい。

「いくら⁉　全部買い取る！　『火の角豚』もあるなら、そっちも！　ここのダンジョンの層より深い！　絶対品質もいい！」

「アタシも全部――と言いたいところだけれど、これだけあるとすぐには用立てられないわ」

ツツジさんがまっとうな興奮の仕方をしていて、アイラさんは冷静だ。

「今回、代金はいい。代わりに手が空いたら、もっと深い層に行ける装備をお願いしたい」

妙な感想を抱きながら答える。

「え？　オオツキさんが狩ってきたの？」

「ああ。2人の手が空く頃には、運が良ければもう少しいい素材を提供できると思う」

ちゃんと皮をドロップしてくれれば。

丸のままのドロップでもダンジョン内で解体すれば、能力を保ったままの皮が手に入るのだろうが……。さすがにそこまで自分で管理できんので、食材確保優先で行く。

「そういえば、その服もダンジョンの攻略を始めるから頼まれたんだったわね？」

「ここだけの話、どことは言わんがダンジョンができてな。面倒なのでそれは、ごく限られた人たちしか知らない。２人が知っている人物でいえば、知っているのは鷹見さんと藤田さんくらいだ」

限定しているように聞こえて、他にも知っている人がいることを匂わせる。

実際レンとユキのイレイサー２人、同じ協力者のテンコは知っているので嘘ではない。おそらく、その他の人物と一緒にダンジョンを攻略していると誤解するだろうが。

買えば手に入る素材《もの》と、忙しい２人の生産品とを引き換えにするのは難しそうではあるのだが、交渉のカードとして50層以降の素材がコンスタントに手に入るというのはどうか。

２人とも、こっちを見て話しながらも、生地と皮をずっと撫でてるので大丈夫なような気もする。

「どういう防具がお望みなのかしら？　アタシたちに依頼するってことは、布と革製品なのよね？」

アイラさんが聞いてくる。

「動きやすいこと、音が出ないこと」

「その辺は言われなくても布と革製品の特徴！」

ツツジさんが言う。

そうは言うがこの２人の生産物ほど、動きやすく負担を感じない装備というのは珍しい。個人の体型や、体の使い方の相性もあるのだろうが。

「必ず当たる範囲攻撃を1度は耐えてほしい」

「50層以降のリトルコアを想定、ね」

アイラさんが頷《うなず》く。

誘導通りに前衛に守られている後衛というか、回復補助兼荷物持ちと思われている気配が。前衛がいて、後ろに下がっていても当たる攻撃を凌《しの》ぐ防具が望み。

実際には前衛はおらんし、後ろに下がってもおらんが。回避不能の攻撃を凌ぐ防具で間違いない。

「うん。通常は防御より逃げ足優先、能力での攻撃に対して強い。でも、敵が自身に能力を使って、強化した攻撃はこの条件からすり抜ける。素材への付与は当然として、付与石はどうしますか？」

ツツジさんが、まともにこちらを見てくる。

珍しい。仕事モードというやつか？

「欲しいが、言っていたらいくらあっても足らん。今回は諦める。もし、付与に良さそうな石がドロップしたら、ダメ元で頼むかもしれん」

付与というのは、ダンジョン内でだけ発揮される性能や能力を与えること。

付与の種類はいくつかあって、生産の過程で刺繍《ししゅう》や染色、その他の加工で素材の能力を引き出したり上積みするのが素材への付与。

付与石は宝石にさまざまな能力を封じたもの。1回使い切りと、恒常的に効果が続くものがある。宝石がメジャーだが他に紙やら木片やらに封じるものもある、テンコの生産物だ。

「付与石はどこに——カフス、ネクタイピン、ラペルピン、襟チェーン……」

あ。いかん、ツツジさんがまたスーツの住人に。

「では、今詰まっているだろう依頼が終わったら頼む」

「ええ。素材の代金は払うわ——優先的に回してくれるって思っていいのよね？」

「ああ。他に売り払う前に見せにくる。次はカードのままだが」

アイラさんに答える。

今回は2人を釣るために、カードから出して現物を手に取ってもらったが、出してしまうと買ってもらえなかった場合、面倒なので。

「こちらももちろん代金は払うが、生産を始める前にざっくりした金額だけ教えてくれ」

「分かったわ。でもこの子の出した値段には掛ける1・3くらいで考えてくれるかしら？　絶対途中でやりすぎるから。……普段はそんなことないんだけれどね。オーバー分は自分で持つって言い出しかねないわ」

うっとりした目でぶつぶつ言っているツツジさんを見て、ため息をつきそうなアイラさん。仕事と趣味を切り分けられないダメな生産者の姿。

「ああ。さらに次も頼みたいし、考えておく」

今買い取れない分の布は来月まで返事を保留、上位の生産道具が欲しいところだが、余裕を見て準備に入っているだけの話なので来月まで売らずに待つことに問題はない。

自分の世界に入ってしまったツツジさんを放置して、アイラさんと時期がいつ頃になるかなど話し、お暇。

家に帰ると、玄関に袋が置かれていた。中身はそら豆と茄子、柊《ひいらぎ》さんが置いていってくれたのだろう。

お返しものを考えながら、夕食の準備。せっかくなので、肉詰め茄子の揚げ浸しとそら豆で飲むことにする。

肉詰め茄子を多めに揚げて、半分は冷まして冷蔵庫へ。今日は熱々なところに白髪葱《しらがねぎ》を載せて、出汁と一味をかけて。残りの半分は明日の朝、大根おろしと出汁で食べよう。

鞘《さや》ごと焼いたそら豆、揚げ浸しの茄子、ビール。

板の間にある回り廊下《ろうか》、床までの引き分け窓を開け蚊取り線香を焚《た》く。建てる時に最初は庇《ひさし》の下に濡れ縁を、と思っていたのだが、手入れが面倒そうなので家の中にした。

板の間と回り廊下の間は雪見障子《しょうじ》。土間とこの一角だけ日本家屋っぽい。

オレンジ色に染まった空を見ながら飲む。風が抜ける度、さわさわと音を立てる梢《こずえ》、虫の声、少し遠い沢の音。田んぼのある下の方では、少し前に蛍《ほたる》が飛んでいたらしい。

食事のあとは、運動がてら浅い層の殲滅《せんめつ》。化身の運動量はほぼ生身に影響はないのだが、100分の1くらいはあるとかないとか。――ただの気分である。

最近食い過ぎなので、生身で運動をせねばならん気はしているのだが。現役時代は、受け身やら剣を振るう基礎やらで生身の運動も多かった。

生身を鍛えるというより、ダンジョン内でどう動くか、戦闘の時に何を見るか、その参考として。なので筋力や体幹を高める基礎トレーニングというより、手合わせが主だった。

――体育会系のノリについていけず、最低限をこなしてあとは1人でできる素振りをして誤《ご》魔化《まか》していた記憶。

今考えるとあの強制的な運動の時間はよかったのかもしれない。当初は山歩きや沢登りなんかもするつもりだったのだが、暑い寒いを言い訳に、やらない、やらない。

おかげである程度は引き締まっていたはずの体が、1年半程度の間にたるんたるんである。

……早めに切り上げて、生身で少し運動しよう。

◆◇◆◇◆

草取りをして、朝食を食べて、沢登り。昨日の反省と決意通り、運動である。

沢登りといっても流れの中を行くわけではない、単に沢の脇を上に向かうだけである。大雨などで増水した時に削られたりで、岩だらけで足元は悪い。これを動かない、滑らない、崩れない場所を判断して進む。

体重移動やら不規則な歩幅やら上下運動やらでいい運動になるし、体幹も鍛えられる——気がする。何より家で腹筋何回とかやるより、上まで行って戻るという明確な目標があった方が続ける気が起きる。

山中を走るのでもいいんだが、沢のそばは涼《すず》しいのだ。

ざあざあと水の流れる音。岩に勢いよくぶつかった水が、飛沫となって時々当たる距離。水に濡れた黒いシミが服にできることはないが、顔はしっとりする。

一応水質検査をして、飲める水だしな。まあ、飲まんが。雨やら何やらで、水質の変化もあるだろうし。でも汗をかいたら顔を洗い、口をすすぐぐらいは。

この山の中腹よりちょっと上から頂上までの土地は私のもの。それより下の果樹園や畑が作りやすい、少しなだらかな場所は柊さんと佐々木さんの土地。

なんだが。

「おい、無茶すんな！」

「レン、滑るから！」

「平気、平気……っ、わあっ！」

声がしたかと思ったら、山の斜面から人が沢まで滑り落ちてきた。足から滑り台のように斜めに滑り落ちて、沢の周囲の石を足場に止まったので、擦《す》り傷以外の怪我《けが》はないと思うが。

「……」

なぜここにイレイサー。

「いたぁ」

尻を押さえるレン。

ネットに残っていた画像より、少し変わっているがレン。女性、小柄、今は結んでポニーテールにしている胸までの黒髪。清楚《せいそ》で大人しい――という評価だったが、中身はどう見てもダンジョンで会ったまんまだな。

「おい大丈夫か!?」

心配顔で駆け降りてきた佐々木一馬《かずま》。

こちらは既に遭遇済みというか、佐々木のおばあさんのお使いで、椿《つばき》ともども私の家に来たことがある。

「レン、だから……っ。あ、すみません」

こちらも心配顔で降りてきたユキが、途中で私に気付き頭を下げる。

ユキ。男性、背は小柄というほどでもないが、肩は細い。こちらの方が雰囲気清楚。顔はレンを繊細にした印象——たぶん表情のせいだが。

柊蓮花《れんか》、柊雪杜《ゆきと》。柊さんの双子の孫。初めまして、か？

「滝月さん」

レンに手を貸しながら、私の名を呼ぶ一馬。

「滝月？　あ、ミチお婆ちゃんの家を買ってくれた人？　——初めまして、柊蓮花です、こんな格好でごめんなさい」

蓮花が草と泥を払いながら、後半少し声を変えて挨拶してくる。

今更取り繕《つくろ》おうとしても手遅れだが。

「初めまして、柊雪杜です。祖父がお世話になっています」

雪杜が丁寧《ていねい》に頭を下げる。こちらは態度が変わらず、一貫して丁寧。

「いえ。いろいろ教えていただいて、私の方がお世話になっています」

私は対外的柔らか目の対応。

「あ。そうか、ここ滝月さんの土地！　ごめんなさい、子供の頃遊んだ場所で懐《なつ》かしくって入り込みました」

勢いよく頭を下げる蓮花。

3人が子供の頃は、上から下まで親戚の土地。入り込んでも危ないことさえしなければ叱られず、いい遊び場だったのだろう。

「すみません。こいつら引っ越してきたばかりで、俺が気付いて止めるべきだった」

頭を下げる一馬。

いや、あんたも私が越して来るずいぶん前から町で一人暮らししてなかったか？　女遊びもやめたようだし、もしかしてイレイサーに初恋でも拗《こじ》らせてたのか？

イレイサーが幼い頃はここに住んでいたこと、柊家と佐々木家の距離的に、椿も合わせて幼《おさな》馴染《なじ》だよな？　年齢は揃ってないが、歩いていける範囲に他に家もないので、子供もいないだろうし。

強《し》いて言うなら、私が土地を譲ってもらった柊さんの妹一家があるが。

「いえ。一馬さんには草取りでお世話になりましたし、山歩きくらいご自由に」

山でデート……いや、雪杜もいるから違うか。

そっと一馬を前面に立てる。草取りアドバイスの礼に、山歩きを許すのは一馬のおかげにしてやろう。ついでに、一馬が責任者ってことで。

レンが秘密基地を作るとか言い出さん限りは、入ってもらっていいぞ。定期的な無料巡回人ゲットだと思えば。子供がフラフラしていたら事故った時に責任問題になるだろうが、この3人の年齢ならそれもないだろうし。

無断山菜採り、無断狩猟の罠《わな》仕掛けとか話に聞くし。

「草取り？」

不思議そうな顔をして一馬を見る蓮花と雪杜。

「……草取り？」

一馬本人もピンときていない顔。

私には大変有要なアドバイスだったのだが、草取りマスターにとってはなんでもない一言だったようだ。

「まあ、ではお気をつけて。柊さんによろしくお伝えください」

あまり関わりになるのもあれなので、さっさと離れる。

「よく分からないけど、一馬の日頃のご近所付き合いのおかげだね！」

前向きな蓮花のまとめの声を背に、沢登りを再開。

見えなくなるくらいまでは、散歩を装って歩いたが。3人に許可を出したことで、もしかしたら山の中で遭遇するかもしれなくなった。

別に見られても構わんのだが、引きこもりの身としては、1人の時間に予期せず人に会うこと自体気が重い。暑くなるし、沢歩きは早朝にするか。だが、早朝は草取りの時間……。


翌日、一馬が家に来た。草取りに。

「昨日の会話で……？」

確かにちょっと一馬の顔を立てて、恩に着せとこうというか、恩を返しとこうという気持ちであいう言い方をしたが、あれで草取りに来るのは想定外なんだが。

「レンたちに嘘をついてるみたいで気持ち悪ぃからな」

「いや本当に草取りのアドバイス、大変助かったのだが」

思わず素で答える。

ツバキに比べてヒネている印象だったが、予想外に真っ直ぐだな。それもどうやらイレイサーの2人の前では、のようだ。

「アドバイス……。あの一言二言で？」

怪訝《けげん》そうな顔の一馬。

「ああ、大変助かった。それに山歩きの許可を出したのは、３人が柊さんと佐々木さんのお孫さんだからだ」

無限地獄なのかと思った草取りに少しだけ光が見えたので、あのアドバイスはとてもありがたかった。

それとは別に、現実的な問題として土地を買った相手の親戚、しかも今現在お世話になっている人たちの孫を、立ち入り禁止にできんだろう。

同じ山の中に住んでいて、間伐業者への委託も便乗させてもらっている上、ついでにと言って私の土地にかかる道の左右の草刈りやらもしてくれとるのに。

一応その度、心ばかりのものは包んでいるが、業者に頼むより安上がりだし、私じゃできんし。

一番お世話になっているのも近いのも柊さんの方だが、その孫2人はイレイサーで、外ではあまり近づきたくない。それもあって一馬をクッションにしただけだ。

家の周辺をうろつくのは避けてもらいたいのが本音だが、普段視界に入らない、相手からもこちらが見えない、山の中なら許容範囲だ。程よい距離のご近所付き合いで頼む。

「まあ、草取りの相談に乗ってもらえるのならありがたいが」

草取りマスターは大歓迎です。

今日だけ草を取ってもらっても、これから先長い戦いがあるのだし、アドバイスをくれ。

「ああ。せっかくそのつもりで来たしな」

一馬が言う。

で、気になっていた家の後ろの草のことを相談したら、ちょっと待ってろと言われ、車の荷台から草刈り機が登場。

ゴーグル、革手袋、長靴装備。

「あると便利だぞ」

そう言って、あっという間に刈ってくれた。あとチェインソーまではいかないハンディな魔石を使った自動ノコギリで、屋根にかかりそうだった裏の木の枝を落とすサービス。

脚立《きゃたつ》の上、動きが制限される高い場所での作業なのに手際がいい。私は脚立を押さえていただけです。そしてたぶん押さえる係要らない。

始末がしやすいよう、落とした枝も扱いやすい長さに切り揃えてくれた。乾いたら燃やそう。焚き火は場所によっては禁止されているが、この周辺は大丈夫だ。

アドバイスをくれと相談したのに、あらかた片付いてしまった気がする。

「集めた草に枯葉と糠《ぬか》を入れとくと肥料になるぞ。草は種がつかないうちに一度刈っておくと楽だ。刈るのは梅雨の時期がいいかな」

草取りマスターは、山暮らしマスターだった。

その上っぽい柊さんはプロフェッサーだな。

草刈り機などの道具を車に積み込み、後片付け。もしかしてこの車はこういった作業専用なのか？　流石に脚立はうちのものだが、他にもいろいろ荷台に積んであった。そういえば、柊さんのところも畑に行く用の車があったような……。

一馬はどうやらこういった作業が好きらしく、やたらいきいきして楽しそうにしていた。が、本人が好きなのとお礼は別。

あの一言と労働が釣り合っていない。金を払うのも違う気がするし、この礼はどうしたものか。だいたい、金はダンジョンと配信で稼いでるだろうしな。

「酒は飲めるか？」

「車だ」

それはそうだ。

「礼が思いつかんのだが、ちょうど酒と珍しい食材があるから、せめて持っていってくれ。ダンジョンで売っているので、手に入れているかもしれないが」

一般にもダブついた食材を流している。

流す数は少ない上、値段を良心的にしているので出すと瞬殺される。運が良ければ一馬たちも手に入れているかもしれない。

もう一度ちょっと待っていてくれと言い置いて、家の中に入る。——家は近いので、生物《なまもの》も大丈夫。重いものも車なのでＯＫ。

考えながら、パニックルームに駆け込む。昨日、一般に流したビールの中で少し珍しいものを【開封】。瓶で重いし、他も合わせて箱に詰めよう。

『ホタテ』『桑名のハマグリ』『バター』。焼くだけでも大丈夫な手間がかからない貝類をチョイス。バターはバター焼き用だが、他にも使えるし保存もきくのでいいだろう。それと、土間の冷蔵庫からイカの塩辛。

「すまん——」

玄関から出ながら「待たせた」と続けようとしたら、草取りマスターがしゃがみこんで草を取っている。

すみません、今日は朝に沢登りをして草取りサボりました。私の庭、そんなに草が気になるか？　管理しきれてない自覚はあるが、そんなに？

「あ。人の家の庭を勝手に……」

「そんなに気になるだろうか」

この庭、やばいのだろうか。

「いや、ちょっとさっきの作業で庭の手入れモードになってたというか。——これくらいの生え方してるところの草、むしるの好きなんだよ」

「え、なぜ⁉」

面倒なだけでは？　いるのか、草取りが好きな人なんか？

バツが悪そうに言う一馬に思わず聞き返してしまった。

「変だよな、ダンジョンの攻略者が」

自分自身を鼻で笑うような言い方をする一馬。

「いや、私が悪戦苦闘していることに対して、好きと言われて驚いただけで、実利のあるいい趣味だと思うが」

草取りマスター、庭のあるご家庭には羨ましがられると思う。

配信からの情報と、目立つ噂だけで構築した一馬のイメージとは合わないかもしれんが、私には一馬が漬物を運んできた時の、お婆ちゃん子で草取りも手伝っていたという印象がある。

それに石をひっくり返してダンゴムシをつつくのが好きですとか、葛の根からでんぷんを取るのが趣味ですとか言われても、私が迷惑するわけじゃないしな。

「勝手に手を出して悪かったよ」

「いや」

むしろ、うちの庭で良ければ趣味を満喫してくれと言いたい。

一馬の車を見送って、家に入る。

離れたところに畑があるわけでないし、私に専用車は必要ない。だが、草刈り機はあった方が良さそうだ。──今回、どんな感じなのかちょっとやらせてもらえばよかった。

そう思いながら昼飯の用意。

今日は私もいろいろ焼こう。

ダンジョン産の貝類は、砂を吐かせる必要がないので楽だ。牡蠣《かき》はそのまま、ハマグリは開かないように蝶番《ちょうつがい》を切っておく。

──いや、ぱかっと開くのも見たいから、処理は半分にしておこう。ホタテは開けてウロを取る。サザエも開けて下処理。伊勢海老はどうしよう、もういっそ丸のままでいいか？　どれも生でもいける鮮度だし。

申し訳程度の野菜、自分への言い訳に長ネギを適当な長さに切る。

板の間の長火鉢に炭を熾《おこ》して、適当に焼く。醤油、日本酒、味醂《みりん》を合わせたもの、バター、醤油などの調味料は準備済み。

イカの塩辛をつまみながら日本酒を呑む。塩辛には佐々木さんにもらった七味、手作りだそうでそう辛くはないが、柚子《ゆず》の香りが強く塩辛にも漬物にもよく合う。

七味は柊さんからももらったのだが、こちらは辛めでどちらかというと青のりの香りがかつ。どちらも美味しいので、使い分けたいところだ。

桑名のハマグリ、大きくて弾力があり旨味《うまみ》が強い。貝殻に残った白い貝の汁を酒器に落として出汁割りに……いや、熱燗《あつかん》ではないし止めるか。貝の汁が冷めてから入れてみよう。

牡蠣はもみじおろしとポン酢、半分は生牡蠣でつるんと。サザエのつぼ焼きには、三つ葉が欲しかったかもしれない。ホタテとバターの相性はいわずもがな。

伊勢海老の殻の焼ける匂いは香ばしい。かといって、殻は食わんが。

軍手をはめて尻尾を捩《ね》じとって、キッチンバサミを使いながら殻を剥《む》く。身にカニ味噌ならぬ海老味噌をつけて大きなままかぶりつく。ぷりぷりな伊勢海老に対してあれだが、マヨネーズと七味もいい。

うーん。どう考えても全部食べるのは苦しいのだが、用意したからには食わねば。新しい食材に浮かれてつい用意しすぎる。美味いが反省反省。

ちょっといい気分になりながら、板の間に吹き込む風を楽しむ。遠くに霞《かす》んで見える海、山々の緑、田んぼの一段明るい緑。

今の時間は、遠くに固まって見える白と灰色の町の建物が少々邪魔に感じるが、陽が沈んだあとは夜空だけでなく、地上にも光が見えていい。近すぎる光は星を見るのに邪魔だが、ちょうどいい距離だ。ここに越してきて視力がよくなった。

さて、片付けをしたら、シャワーを浴びて本を読んで過ごそう。深層に行くには半端《はんぱ》な時間だし、一馬のおかげで思いがけず庭の懸案事項が解決した。

酒が抜けるまでのんびり過ごし、3時過ぎくらいからは食材の仕込み。食べきれない初夏の野菜をピクルスにする。大半の野菜は柊さんからのもらい物だが。

消毒した瓶が余った。……バターもあるしバジルペーストも作っておくか。バジルは家庭菜園でできたものだ。

トマトと一緒に植えるといいような話を聞いて、トマトのついでに植えたのだが、予想外にわさわさ増えてしまった。なので胸を張って「作った」というには微妙なんだが、うちで採れたものだ。

松の実がないので胡桃《くるみ》で代用。ほぼフードプロセッサーに突っ込むだけなので楽だ。
2、3日前には山椒《さんしょう》は水煮にして冷凍したし、醤油漬けも作った。新生姜《しょうが》は酢漬け、らっきょうも漬けた。去年のもらい物の梅干しがまだあるのだが、たぶん今年もいただける。
庭の梅の実を収穫して、青梅で梅酒と梅の味噌漬けを作ったし、一応我が家に1本だけある梅の木も活用している。

――土間の納戸《なんど》の棚が保存瓶でいっぱいなんだが。あと冷凍庫もぎゅうぎゅう。整理して、近日中に食いたい分を台所に移動しておく。

土間の掃き掃除をしていたら来客。

「どうかしましたか？」

玄関で椿が微笑んでいた。

昼間別れた一馬がバツが悪そうな顔をして後ろにいるのだが、なんだ？　渡した酒でも引っかかったか？　未成年ではないよな？

「いえ、弟が草刈りをしただけでいろいろいただいたようで。ホタテは昼に家族でいただきました。祖母が喜びまして、うちで採れたもので悪いですがお返しです」

にこにことしながら、今回も荷物持ちらしい一馬から紙袋を受け取り、私に差し出してくる椿。

「いや、佐々木さんには普段お世話になっていますし。それに今日もとてもありがたかったので」

家族が喜んだのなら、一馬が1人で来ればいいのでは？

もしくはいつものごとく、柊さんを通して漬物をくれるとか。

――わざわざ来た椿から、妙な圧を感じるのだが。なんだ？　弟を勝手にこき使うなとかそういうことか？

「かえってありがとうございます」

一応微笑んで受け取ってはみたが、はて？

「これからもよろしくお付き合いいただければ。では」

椿が踵《きびす》を返す。

言葉通りにとっていいのか？　なぜか宣戦布告に聞こえたのだが。

若い娘なのに、威圧が上手い。別にどういうことはないが、圧をかけられる理由が分からんので少々戸惑う。

「……わりい。なんか椿、あんたのこと気に入ってるらしくって。あれで愛想のつもりなんだよ」

「は？」

小声で告げて一馬も椿を追って離れていく。

あの短いやり取りで、あの圧が？　会話も最小限だったと思うが。少なくとも恋情はいっさい感じん。あれか、良き隣人、田舎暮らしマスターになるよう期待してるとかか？

草刈り機を使いこなせるようになれと。男手少ないというか、この山に住んでいるの、私も含めて3家族だしな。なるほど、椿は山暮らしの先達《せんだつ》、上から目線になっても仕方がない。

どうやら気に入った私の顔を見に、半日も経たんうちに原因の一馬を連れてお返しものを持ってきたということらしい。何を気に入ったのかしらんが、草取りマスターを使ったことへの圧じゃなくてよかった。

そして紙袋の中身は新生姜と杏《あんず》。生姜は最近柊さんにもらって、酢漬けにしたばかりだよ……っ！　ありがたいが、かぶると食いきれん。

オレンジ色の杏はいい香りだ。甘い香りだが、酸《す》っぱい。砂糖漬けとジャムでも作るか。

また瓶の消毒から……っ！

◆◇◆◇◆

本日は早朝から家のダンジョン。

昨日はあれから杏を洗って残っていたヘタをとり、瓶の煮沸消毒をするところまでやり、風呂に入ったあとに瓶詰め作業をした。

角砂糖と杏、杏の砂糖漬け、杏を瓶詰めしたあと熱いシロップを注いだシロップ漬け。ジャムも作ったので、ずっと台所に籠《こも》っていた。

今日は代わりにダンジョンに長く潜るつもりでいる。弁当を持って51層から。

背が筋肉で盛り上がった牛――たぶん――の魔物、ドロップは『阿知須《あじす》の牛』『萩の牛』『土佐の赤牛』。相変わらず丸のまま出る。

弾丸のような水を飛ばしてくる固定砲台のような貝の魔物、ドロップは『バイガイ』『アサリ』『小柱』『青柳《あおやぎ》』。

待て。

『小柱』『青柳』って『バイガイ』だろう⁉　『小柱』はバカガイの貝柱だし、『青柳』は地方で違うかもしれんが、絵からして食べる状態まで加工された軟体部位全体のことだろう⁉

なぜ……！　――いや、ハムやら干し柿は出ている。おかしいのは肉の方だ。もしやハムやソーセージ、チーズが加工品扱いか？　部位ごとに出てくれてもいいんだぞ⁉

他は『キャベンディッシュバナナ』『グラネインバナナ』やらのバナナ。『高原バナナ』は生えている場所な気はする。

『淡路のサワラ』『伊勢のサワラ』『山形のサワラ』『瀬戸内のサワラ』。

今回、ドロップからだけでなく、魔物の見た目でも見分けがつきやすかった。だいたい出現する敵は4種類で落ち着いたのだと思う。他のダンジョンでも色違いも含めて、同じ層に出現する魔物は3から4種類が多い。

相変わらずドロップが地域指定というかブランド指定というか、はっきり言っておかしいのだが、文句はない。むしろ感謝している。ドロップして、びっくりするしないは別だが。

52層のスライム。

ゴブリンの姿をとっている。だが偶数層なのでスライムなことは確定している。おそらく赤黒くなければゲル状なこともよく分かったのではないかと思うのだが。

他の魔物の姿をとるスライムは、その能力も使う。スライムの能力の溶解液などを吐く場合もある。そしてスライムの核を壊さないと倒せない。

戦闘開始。

ゴブリン程度なら能力が上乗せされていてもたいしたことはない。48層のスライムの方が強かったくらいだ。まあ、これからスライムがさらに厄介《やっかい》になりますよ、という前振り的なものだろう。

苦無を投げて、【天地合一】の発動。

投げた時点で発動していては遅いのだが、私が直接でも、握っている武器でも、触れれば周囲がなんとなく分かるのでスライムの核を探す練習的な意味で。というか、分かりやすくゴブリンの心臓の位置にあったな。

気配を探る前に倒したぞ？　なんとなくそうかなとは思ったので狙ったのだが、いいのかそれで。最初はモデルにした魔物の弱点の位置にあって、倒し損ねたら体内を移動する方式か？

庭の草もこれくらいあっさり片付くといいのだが。

次に市のダンジョンに行ったら、ついでに草刈り機を見てこねば。おすすめのメーカーは聞き出したのだが、一馬とは体型が違うので私が使って使いやすいかは謎だ。

スライムのドロップは『魔銅』『魔法銅』『精霊銅』同じく、鉄と銀三種。

『魔〇〇《なんとか》』は少し魔力を帯び、武器に使えば物理攻撃が効きづらい敵にも攻撃が通り、防具にすれば魔法攻撃への防御が上がる。

『魔法〇〇』は素材として使えば、生産者の任意の魔法を付与しやすくなる。火の魔法を付与して武器を作れば、火に弱い魔物にダメージを多く与えられる。防具に使えば、火属性の攻撃への防御が上がる。

『精霊〇〇』は金属製の生産をする際に混ぜると、出来上がりが軽くなる。武器よりは防具に喜ばれるものだが、中には腕力が足らんのに大剣に憧れた結果、生産者に『精霊〇〇』の使用を依頼する者もいる。

赤黒い雷をまとって、鞭《むち》のように飛び出してきた赤黒いウツボ。いや、違ったアナゴ。ドロップが『播磨灘のマアナゴ』『東京湾のマアナゴ』『豊浜の干しアナゴ』だ。これでウツボだったら困る。

確かにカードに書かれている絵と比べれば、形が違う。長いからと言って一緒にしてはいけない。ウナギやハモが出てきたら、シルエットで見分けがつく自信はないが、とりあえずウツボは違う。

アナゴは捌《さば》ける気がしないので、干しアナゴが嬉しい気がする。白焼きか煮穴子の寿司が食いたいのだが、関前さんは捌けるかな？

赤黒い雷は能力なのだろうが、自身に纏《まと》うタイプは奪えんのでさっさと倒す。次に出てきたのは豚。顔の前に尖《とが》った石塊をいくつか出現させ、それと共に突進してくる。

これは奪えた。奪えたが、自分の前に石塊を出すだけ。私が突進する予定もないし、盾になるようなものでもないし、使い所がない——いや、必中の能力や追尾能力を持つ攻撃に対して、囮《おとり》にできる、か？　とりあえず収集。

ドロップは『ハモン・セラーノ』『ハモンイベリコ』『プロシュート・ディ・パルマ』。

絶対食いきれん気がするのだが、いよいよ生ハム用のスライサーを買うか。

アナゴ、豚の他の敵は、砂のようなモノ。苦無も日本刀も効果がない。見るからにそれは分かったが、一応攻撃は入れてみた。相手の攻撃手段は、広がって襲ってくること。

おそらく付着したらどうにかなるのだろうが、避けたから分からん。この手の物理系が全くといっていいほど効かない魔物は、魔法の類に極端に弱いのが相場。

47層で収集した『光弾』を使用、思った通り簡単に倒せた。

『上白糖』を始め、糖類が9種類。このドロップ量だと、砂っぽい魔物に色違いがいたのだな。

50層を越えると、攻撃手段をいくつか持っておかねばキツくなる。パーティーで来るなら、魔法能力者を始め、物理系ではない能力持ちが必要になる。道中は逃げればいいが、ボス部屋で対抗手段がないと詰む。

ギルドが管理するダンジョンは、誰かが到達済みならば大抵情報を買えるので、下調べに金を使えばなんとかなるのだが、深い層ほど情報は高い。そして、うちのダンジョンは私が進まない限り未知だ。

基本、私は攻撃を受けて耐えるのではなく、避けてしまうから魔物の攻撃がどんなものか分からんままになるのがいる。

一応、あとで魔物のデーターベースでも確認するか。地方色豊かで亜種とかたくさんいるので、調べたところでうちのダンジョンの魔物の把握ができるか分からんのだが。

よし、弁当を食おう。

だいたい1層1時間程度だが、さすがに能力の収集をすると時間がかかる。昼だ、昼！

夜に食べる予定の弁当は、豚肉で大葉とチーズを包んで焼いたもの、半熟より固めの折りたたんだハム付き目玉焼き、ニンジンのきんぴら、小カブの漬物、ミニトマト。

ミニトマトは水分も出ないし、弁当の彩りには便利なことを理解した。【収納】してしまえば、弁当が傾くことも汁が広がることもないのだが。

佐々木さんに漬物の仕方を教えてもらいたい。漬物はたくさんいただいて、外で食べる分には間に合っているのだが、それをダンジョンに持ち込む弁当に入れると【収納】できなくなってしまう。

持ち込むものは自分で作らねばならんのである。おのれ……。

で、今食べる弁当。ご飯とおかずの境に横たわる焼きシャケ、ソーセージ、卵焼き、インゲン豆の胡麻和《ごまあ》え、ミニトマト。

ダンジョン以前の、とても弁当らしい弁当にしてみた。出来立てのまま持ち込めるのだが、あえて弁当っぽく冷ましている。焼きシャケは冷めても味がそんなに落ちないので、弁当にはいいようだ。

弁当歴が短いのでとても楽しい。焼いただけの肉は、食料であって弁当ではなかったと思う次第。弁当も売ってはいるが、他のダンジョンから運ばれてくる食材のカードはそれなりにするので、弁当らしい弁当はかなり割高だ。

市のダンジョンは、運動感覚で仕事帰りや休日に入る人も多い。うちと違ってダンジョンはかなり広いが、それでも5層くらいまでは混み合い、ドロップ率が悪いというか、そもそも魔物が倒されていて効率が悪い。

ダンジョンへ入るために入場料がかかる場所もあるが、市のダンジョンは無料。効率が悪くても、損をするわけではないので人は減らない。

で、少し時間がある人は6層から9層に行く。市のダンジョンは広いので、移動に時間がかかるのだ。この辺りまではソロも多い。

10層のリトルコアを倒せるようなら、『覚えの楔』を手に入れて、リトルコアをまた倒して11層以降。この辺は、朝から潜って日帰り。

日帰りならば一食、一番安くてまあまあ美味しい焼いた肉が定番。

なにせ広いので、階段の位置を把握していても進むのも戻るのも時間がかかる。リトルコアを倒した数でダンジョンが広がるそうなので、人が集まるダンジョンは広い。

20層以降は進む人数が減る。この辺りは『攻略者』と呼ばれる冒険者をメインの職にしている人たちが多い。20層のリトルコアを大人数で倒して21層以降で稼ぐ人も多く、その場合、2回目からは20層のリトルコアは倒さず、10層から始める。

この層以降が、赤字にならない範囲で弁当らしい弁当を買うようだ。

あまりいろいろな食材を使いすぎると高くつく。弁当はシンプルなものが多く、おかずもそのダンジョンでとれるものがメイン。正直、焼いた肉だけの方が美味いのでは？　と並んでいる弁当を見て思うことも多々ある。

まあだが、毎日仕事として通っている人からすれば、焼いただけの肉だけでは飽きるのだろう。――人気は、白飯の上に焼いただけの薄い肉がたっぷり載っているもののようだが。いいのかそれで。美味いとは思うが、肉続きには変わりがないと思うのだが。

魚は高いし、卵は県内とはいえ他のダンジョン産。主食である米、塩は政府が行き渡らせるためいろいろしているので外では安い。――米はダンジョン産は高いのだが、20層程度なら、『ブランクカード』を使わず、カバンに入れて持ち歩いている者が断然多いので外の米を使っている弁当屋がほとんどだ。

外の世界でも、三食肉と白飯でいい男は多いしな。彩りよく食べたい人はエンゲル係数が高くなって大変そうだが。

一方私は、気に入った弁当箱に気に入ったおかずを詰めている。焼きシャケの塩気で食べるご飯が美味しい。いんげんの胡麻和えで箸休め、卵焼きは夜の弁当の卵に塩気があるので、少しだけ甘め。人の弁当事情と比べてテンションが上がる。

それはそうとして、10層ごとにいるリトルコアを倒すとその前後5層分が広がる。――ちなみに10層のリトルコアに関しては、1層目から15層目が広がるらしい。

1人で倒す回数はたかが知れているが、広がられると困る。かといって、『覚えの楔』はリトルコアのドロップ以外ではドロップ率が低い。

とりあえず行けるところまで行って、広げてもいいと思うドロップの層を把握する所存。酒が出ることも分かったので進むのが楽しみだ。

弁当を堪能し、お茶を飲んで休憩終了。

楽しくないスライムを倒す。この層のスライムは、スライムらしい姿で魔法を使ってきた。わりと効果範囲の広い魔法なので、奪って不発にせんと対処が面倒なのもあり、1匹1撃を奪いながら進む。

次の魔法の発動を待って、奪えるだけ奪うこともできるのだが、時間がかかりすぎる。今は進むことを優先、この能力が便利なことが分かったらやればいい。

ドロップは『水の魔法石《まほう》』『礫《つぶて》の魔法石』『風の魔法石』、時々その上位。投げれば魔法が発動するが、だいぶ弱い。どちらかというと矢や投げナイフなどの消耗武器に、うっすら属性をつけることに使うもの。

――弾丸か。

下へと降りる階段は見つけたが、しょうがないのである程度狩って、下に降りる前に何度目かの強化を【天地合一】に行う。この能力、範囲が広がらんことにはどうしようもない。

せめて普通サイズのスライムの体内くらいは把握したい。私が知りたいのは弱点の位置だけで他の情報はいらんのだが。

55層。

『鹿児島の黒豚』『沖縄の豚』『もち豚』。産地がつくと豚の中でも美味しいのでは？　と思うのだが、相変わらず丸のままドロップの壁。小分け、小分けで頼みたい。

これはいよいよ鷹見さんに紹介してもらって、解体してくれる人を訪ねねばならんか。豚を一頭車に乗せて行くってどうなのか。ダンジョンから車まで運ぶことを考えると、思考が停止する。

そして再びの酒！

『地中海のダーク・ラム』『カナダのダーク・ラム』『最古のラム』『地中海のホワイト・ラム』『奄美のゴールド・ラム』などラム。ラムだ。

ビールか日本酒を先にしてくれんか？

などと思っていたらリトルコアに遭遇。早いな？

オーク、リトルコアなのでたぶん魔法持ちのオークなのだが色が分からんので謎。55層ということはスライムではない。人型は首を落とすか、心臓をえぐるかすれば大抵なんとかなるので楽だが、オークは生命力が強く、それをしてもしばらくは動くのでそれだけ注意。

って。

日本刀、まだ55層のリトルコア相手ではすぱんといかんか。【天地合一】も【収納】も強化したいし、いくらドロップ率が高いとはいえ『強化』のカードが足らん。

刀を握っていた手のひらが痺れ、手首と肩が少々痛む。斬れ味を見誤った自分に少々反省しつつ、もう一度。

『青のり』『あおさ』『ひとえぐさ』『焼き海苔《のり》』『海苔の佃煮』『味海苔』『昆布』『乾燥昆布』。その他いつもの。

海苔はすぐ湿気《しけ》るから小分けでくださいいいい……っ！　おにぎり作り放題は嬉しいが、10帖1束を510とか一度に出されても困る！　657パックのあおさも困るけど……っ！

身体能力は足りているが、55層で接近戦をするには装備が足りていない。いや、装備が劣る自覚が足りていなかった。効率よく『強化』のカードを集めるには、低層で殲滅するのがいいのだろうが、せめて日本酒かビールが出る層まで進みたい……。

……。

今回の予定を終えたら、大人しく低層を回ろう。おそらくイレイサーが次に望む弾丸の種類、その素材である魔法石系はもうドロップしている。急いで次の階層に行く理由が、自分の欲望しかない。

55層、11層以降に進むと言って作ってもらった防具は、とっくに更新しているのが妥当だ。それでも進めてしまうので、つい進んでいたが。うむ、新しい防具ができるまでは諦めて真面目に低層をこなそう。

そう反省して、先に進む。弁当持ってきたしな、今回の予定時間まで

いや、あの。削ってない鰹節《かつおぶし》なのも、だし巻き卵が作りたい放題になったことも分かったが、鰹節シリーズの違いが分かりません。

『荒節』『枯節』『本枯節』『あごだし』。

いかん、調べねば。

関前さんのところに持ち込んで、ついでに使い分けを教えてもらおう。

56層のスライムは、54層のスライムと同じ。使ってくる魔法の種類だけ違う。普通のダンジョンなら、色も違うのだろうが赤黒いので同じスライム扱いでいいだろう。

どうせ魔法を放つ予備動作中に能力を奪い、魔法を目にすることはないのだから。ドロップは当然のように火、闇、光の魔法石とその上位。

よし、帰りに収集しよう!

60層のリトルコアで大量に同じものがドロップするんだろう? 分かる。出なければ、本当に帰りにこの層を回ればいい。

戻る時間を考えたら、夜中までは厳しい。私には時間がないのだ。いや、いっそ1泊しよう

かな？　早朝に戻って朝飯を食べて、朝寝を決め込むという手も。

とりあえずさっさと進もう。

57層、『ケンサキイカ』『ヤリイカ』『ホタルイカ』。チーズが数種、ニンジン数種、そして塩。『岩塩』『天日塩』『せんごう塩』。

うむ、調味料が確実に揃っていく。いいことだ。だからせめて料理酒くれんか？　イカは既にスルメイカとコウイカが出ているので、それほどテンションは上がらんが、食べ比べてみるのもいいだろう。

58層のスライムは絹糸と絹を落とした。

『マルベリーシルク』『ワイルドシルク』『ノイルシルク』、『シャルムーズシルク』『デシン』『シルクシフォン』など、呪文のような名前の絹が6種類。――私には分からんので、アイラさんに丸投げしよう、そうしよう。

59層は『クルマエビ』『甘エビ』、そして知らないが『クマエビ』！　57層で出た『岩塩』を振って焼いたら素敵じゃないか？

ああ、天ぷらの食材がだいぶ集まった。明日は鷹見さんに紹介された天ぷら屋に連絡を入れて、予約をとろう。

他は『プレーンヨーグルト』『練乳』『粉乳』、『セロリ』『芹菜《きんさい》』『白胡麻』『黒胡麻』、『ゴボウ』『堀川ゴボウ』『金ゴボウ』『新ゴボウ』。

燦然《さんぜん》と輝く『新ゴボウ』、やっぱりドロップ変だな？　そう思いつつ、ブランチの亜種のような魔物を倒す。

リトルコアの60層を前にしばし休憩。54層でドロップカード集めがてら、能力の収集をしてしまったので気力がだいぶ減っている。

薬を飲むか、このままだらだらして回復を待つか。飲んどくか。

回復薬を飲みながら、時間の計算をする。

うん、このペースならもう少し行ける。61層以降は魔物の範囲攻撃が顕著になるので、装備を待ちたいところだが避けられないことはない。

1部屋目にすぐに戻れる『帰還の翼』を持っていることも、進みたいという誘惑を後押しする。リトルコアでなければ、一度くらい攻撃を当てられても耐えられるな、とか。

今日の本来の予定は61層まで。60層のリトルコアを倒し、楔を打ち込んで61層を覗いて帰る――。

キリがない。危ういことはしない方向で！　まだ酒の在庫はあるし、きっぱり思い切ろう。予定通りで戻る、決定だ。

ということで、リトルコア。サラマンダー……か？

赤黒火に覆われたでかいトカゲがいる。入ってきた私に気付き、一定距離近寄ると、大きく方向転換。その勢いと遠心力で鞭のように飛んできた尻尾を後ろに飛んで躱《かわ》す。

伸びるのか。

尻尾が途中で伸び、間合いを見誤るところだった。同じ攻撃を続けるので、こっちの攻撃の間合いに入れない。躱し、壁に追い詰められないよう慎重に位置取りをする。その繰り返し。

さてどうするか。収集した魔法は届くだろうか？　悩んでいると、べちゃっとなんとも言えない音がした。サラマンダースライムの尻尾の先がちぎれ飛んで、壁にべったりついている。

避けていたらまさかの自爆。いや、これも攻撃の一種なのか？　スライムの溶解液とサラマンダーの特性の火付きの投擲物？　千切れることに構わず、尻尾を振り続けるサラマンダースライム。

飛んでくるものがなくなるまで全部躱しきると、本体も動かなくなった。もそもそと残った体が動き、丸いスライムの形状を取る。そのまま逃げ出そうとするので、思わず苦無を投げた。

60層クリア。やっぱり自爆だったのでは？

ドロップは『光の魔法石（大）』『闇の魔法石（大）』と鉱物類。

どうやら火の魔法石を取りに56層を回らねばならんらしい。鉱物類は鉱物類で使うので、いいような悪いような。

まあ、どうせ『強化』カードを集めるために各層殲滅するので変わらんか。だが、スライムはテンションが上がらないのは如何《いかん》ともし難い。

ここはあくまでイレイサーのためのダンジョンというのが前提にあるのだから、仕方がないと諦めてはいるのだが。

61層を覗いて、上に戻る。

61層のドロップは『宇和島の鯛《たい》』『伊勢の鯛』『明石の鯛』『金華ハム』『ラックスハム』『パンチェッタ』『群馬の生ハム』『長野の生ハム』『青森の生ハム』『根ミツバ』『糸ミツバ』。

嬉しくないわけじゃないが、だいぶ魚欲は満たされ始めているため、酒への期待が大きすぎた。それとは別だが、突然の国産生ハムに戸惑っている。たぶん私には味の繊細な違いは分からんぞ？

途中弁当を食べ、下から殲滅して進む。予定の時間が来たら、今日はここまで。あとは階段から階段の最短距離を。

装備の生産、手が空いたらでとか伝えたが、早く出来上がらんかな。別途料金払っても、割り込んだ生産を先になんてことはアイラさんもツツジさんもしないだろうし、おそらく納品日は変わらんだろうが。

1部屋目に戻り、カードの整理。イレイサーのためのカードなら、ダンジョンの1部屋目に心置きなく置いておける。このダンジョンが消える時は、イレイサー相手の生産も不要になるのだから。

整理を終えて、イレイサーと繋がる箱を開ける。メールをよこすよう伝えてはあるのだが、時々何か入っているのでダンジョンに入った時には見るようにしている。

箱の底の真ん中に2枚のカード。

市のダンジョンの20層、リトルコアから出る『高品質な青い薬草』と『高品質な赤い薬草』のようだ。

市のダンジョンということは、イレイサーの能力なしで行ったのだろうし、椿と一馬がついていっているとしても、到達は早い方だな。

あとで薬にして送り返そう。

今日はもう終了である。風呂に入って熱い茶を飲んで寝よう。

◆◇◆◇◆

朝の散歩。

この山でヤマビルを見たことはないのだが、足元はブーツである。休憩は乾いた場所が基本。まあ、運動なので、途中で休むことは滅多にないが。

クマは出ないが猪は出る。野ネズミやウサギ、タヌキもいるらしいが、警戒心が強い、もしくは夜行性なため遭遇したことはない。……猪は、柊さんの畑で吊るされてたのを、通りがかりに車から見たことがある。

個人で箱罠を仕掛け、畑を荒らす猪を獲っているのだそうだ。他にも増えすぎると、近隣の山の持ち主と共同で狩りをすることもあるらしい。……間違えて撃たれないよう気をつけよう。もっとも狩りの時はお知らせがくるだろうし、むしろ私も山の持ち主として参加するべきな気もするが。

方法的には勢子《せこ》——獲物を脅して藪から出したり、逃げないようにする役が、銃を持つ人たちのいる方へ誘導したところを撃つのだそう。猪が駆け降り、駆け登れる範囲が限定される場所があるそうで、そこをうろつかなければ間違えて撃たれる心配はない。

それはそれとして、猪が出るということはマダニがばら撒かれている可能性があるので、それも注意。やつら、木の枝から獲物が通ると落ちてくることもあるそうなんで、嫌すぎる。

パーカーのフードをかぶって、頭上からの侵攻は阻止。うむ、暑い！

……イレイサーと一馬はスニーカーに半袖だったな。勇気があるというか、無謀というか。

いや、この山で昔から遊んでいたのだろうし、私がビクビクしすぎなのだろうか。

私、ここで生活を始める前までは、自分はもう少しワイルドだと思っていたのだが、無理です。環境は素晴らしい、今でもそう思う。が、中に分けいるといろいろ想定外なものが。草とか、草とか、虫とか、虫とか。草はなんとかなりそうな気がしてきたが、虫は距離を取ってくれないのである。おのれ……。

散歩を終え、庭と菜園の手入れをして日課の終了。早期のたるんたるん脱却には、素振りでも加えるべきだろうか。

アサリの味噌汁、飯、焼き海苔、生卵、漬物。本日の朝飯は以上。最近食べ過ぎな自覚がある、そして本日は昼か夜で外食予定なのだ。

アサリの身はぷっくりしていて味がいい。卵かけご飯にして、胡麻をたっぷり、海苔で巻いて食べる贅沢《ぜいたく》。ご飯は炊き立て――というか、一人用のご飯専用土鍋なるものを使っているので、毎回炊いている。

量を炊く方が美味しい気がするので、時々もっと大きな土鍋で炊いて、残ったら焼きおにぎりなどに仕込むこともあるが。

保温しっぱなしや、温め直しより断然美味しいので炊いている。慣れれば手間ではないし、問題はコンロが1つ塞がることだが、おかずを作る時は土間の流しのコンロを使うので問題ない。

クーラーボックスを買った時に注文した冷蔵庫も、無事土間に鎮座している。

冷凍庫が大きめな2台目には、下拵《したごしら》えを済ませた魚や野菜、調理済みのサバの味噌煮やらが詰まっている。2台に増えたのに、既にいっぱいになりそうな様相なのはなぜなのか。

もともと使っているものとは別に、ストックがないと落ち着かん性分で、溜め込み型。その自覚があるので、この家は本棚も収納も大きくとってある。

田舎暮らし、玄関から出られないほどではないが雪が積もる場所、溜め込み型と相性は悪くない。

が、冷蔵庫についてはダンジョンのドロップの単位が原因の大半を占めてる。食べ終えるまで次を作らなければいいだけなのだが、いろいろ食べたい欲がだな……。

本当にどこかお裾分け先を見つけないと困るなこれ。あ、料理済みはともかく、素材はツツジさんとアイラさんに渡せるようになったのか。よし、押し付けよう。

朝食を済ませ、洗濯と掃除。時間を見て、天ぷら屋に予約の電話——空いているのは、1週間後。想定内なので問題ない。

『翠』に予約の電話。昼は予約を受けておらず先着順だが、夜は予約も受けている。最近は人気なので、予約を入れた方が確実。鷹見さんの予想通り、まんまと通っている。

無事予約完了。

洗濯物が乾くまで、本を読んで過ごし、そのあとは早めに昼の用意。ここでアサリの酒蒸しやボンゴレを食っておけば、冷蔵庫は無事なのだが。

鯛めしの準備中である。ダンジョンで形のいい小鯛を選び、通路のどん詰まりで鱗《うろこ》をかいて、エラと内臓をとる。

この臭わない、生ゴミが消えるというダンジョンの特性は素晴らしい——家の台所に持ち込み、綺麗に洗って焼く。昆布と生姜、酒、味醂……酒と味醂が出てほしいぞ、ダンジョン。期待しているからな。

ダンジョンで【開封】した、大きさの合わないというか大きな鯛は『翠』に持っていく。予約の電話で、その約束をして開けたので無問題だ。7匹いるけど……。

日本のダンジョン、魚の大きさと形が判で押したように揃ってドロップする場所が多いのに、うちのダンジョンは大きさがばらばらだ。いいことも多いのでいいのだが。

あおさの味噌汁、車海老の塩焼き、いただき物と菜園で採れた初夏の野菜を蒸して冷やしたもの。

鯛めしは蓋を開けると微《かす》かに香ばしい匂いが漂い、皮が割れてふっくら白い身がのぞいている。昆布を抜いて、鯛を手早く崩し骨など余計なものを取って混ぜる。

いい出来、いい出来。

上機嫌で食事をし、午後はダンジョンへ。

浅い層は苦無の通常攻撃でさっさと倒す。敵に遭っても足を止めず、マップを埋めるルートは効率的に。

新たに得た能力も使って行きたいところだが、とりあえず『強化』のカードを集めることを優先しよう。

それに【収納】はともかく、弱い敵相手よりも、強い敵相手に使用した方が、どんな分岐先が望ましいかはっきりする。

浅い層はさっさと済ませるに限るのだ。

いや、待て。

この勢いでやると、敵の復活が間に合わなくないか？　39層までを繰り返すことを想定していたが、予想より早く終わりそうだ。

まあいい。だったら49層までを繰り返せばいいだけだ。魔法を使ってくる敵が多いので面倒だが、回る場所がないなら仕方があるまい。

そういえば、売買される『強化』カードがだいぶ値上がっているのだが、もしかしてイレイサー2人が買い漁っているのだろうか。あとテンコも。

3人とも、私と同じくプライベートダンジョン持ちでそれなりに稼いでいるはず。その稼ぎを全部カードに充てているのなら納得だ。

テンコはともかく、イレイサーが歪《いびつ》に育たなければいいが。

まあ、ツバキあたりがその辺は伝えるだろう。彼女は伊達《だて》にパーティーリーダーをやっていない。カズマも面倒見はよさそうだし、助言は的確だ。

——カズマの方は草取りの話だが。

一撃で倒せる層では足を止めることもないので、魔物を倒しているというよりは、マップを隈《くま》なく回るために走っている気になる。

先の層のために、能力を集めねばならん場所は少々面倒。奪うためには、魔物が能力を使ってくるのを待つなり誘発しなければいけない。

決して酒のドロップに期待して、50層を越えないこと。誘惑に負けるのも、飽きるのもダメ。何も考えずに回るんだ、私!

夜は『翠』で食事。

予約時間前に裏口から鯛を始め魚介の入ったクーラーボックスを届けて、市のダンジョンに車を置いて徒歩で今度は正面から来店。飲むつもりである。

「いらっしゃいませ」

笑顔で案内してくれる菜乃葉さん。

「いらっしゃい」

笑顔も渋い関前さん。

「どうぞ」

カウンターに座るとすぐ何か出てきた。

花のついた小さいキュウリ？　添えてあるのはひしおうか。じっと見ていると菜乃葉さんから酒のメニューが差し出される。

私が回したビールと、他に日本酒が２種類ほど。

日本酒だな、ビールは家で飲める。小さめのガラスの器で一杯。ひしおうのしょっぱさが良く合う。

次に出てきた料理は、伊勢海老の味噌焼きと黄身の味噌漬け、小茄子の翡翠《ひすい》煮。味噌焼きだが、海老の味がしっかりしていて美味しい。

焼いてマヨネーズで丸齧《かじ》りした私とは大違い、しっかり料理されている。いや、マヨネーズも美味いんだが。

小茄子は目にも涼しげな翡翠色。黄身は少々しょっぱいが、ねっとりと美味しい。酒が進む。

鯛とイカの刺身。鯛はコリコリとした歯応え、イカの薬味は今日は生姜のようだ。何がいいってみんな美味しい、そしていろいろなものを食べられること。

もう一種類の日本酒も頼んで、料理を楽しむ。

ほろ酔いで夜風に吹かれながら市のダンジョンまで歩き、個人ブースでごろごろする。うん、設備を入れ替えて正解だろう。

私のブースは一番狭いタイプで、そう広くない。なのでセミシングルにしたのだが、もっと上のサイズでも良かったかもしれない。

寝相は心配ないのだが、思ったより利用頻度が高いぞこれ。風呂があれば完全にここに泊まるコースだ。

1時間ほど仮眠をとり、変転して回復薬の生産。夜中過ぎまで生産して、酒が抜けた頃家に帰る。

2章　外での交流

週に1度は市のダンジョンに行き、薬の生産と納品、買い出し、外食。2週間に1度は弾丸作り。その他の日は、庭と菜園の手入れ、家のこと、ダンジョンである。

ちゃんと生身の運動もルーティンに入れている。たるんたるんは回避されつつある……はず。もともと着痩せするので外から見ても分からんだろうが。

で、イレイサー周りの情報収集も弾丸を作った日にするようにしている。というか、弾丸を作っていて思い出して、ネットを覗くプレイ。

イレイサーがツバキ、カズマと配信を始めたぞ？　イレイサーの姿ではなく、基本の『化身』でだが。

ダンジョン初心者の2人と攻略者2人の市のダンジョン攻略動画。

艶のある真っ黒な直毛でスレンダーなツバキ。ピンクラベンダーの柔らかくうねる髪、小柄な割に胸のある肢体にハイネックの白いローブをまとうレン。

短髪でススキ色——じゃないごく淡い金髪、厚みのある巨漢のカズマ。柔らかな黒髪で女性と見間違いそうな線の細さを持つ儚《はかな》げなユキ。

絵面的な対比は悪くない。

「レンです！　ようやくレベル10になったよ！」

鈴を転がす声でレン。

「ユキです。レンと同じく、レベル10になりました」

落ち着いた声でユキ。

ユキの印象はより女顔だが、まあ、そう変わらん。問題はレンだ、姿と声が変わるとこうも印象操作を受けるのか。

視聴者の入れたらしい字幕に、可憐《かれん》やら健気《けなげ》やらおかしな文字が踊っている。誰だか知らんが、大丈夫かお前たち？

というか、隠したいのではなかったのか？　なぜ身バレする危険を冒《おか》す？　いや、隠したいのはイレイサーだということで、生身の情報はいいのか？　お前らストーカーがどうとか言ってなかったか？

いや、家族ぐるみで付き合いがあったのなら、青葉の2人はそもそも佐々木家《そふのいえ》を知っている可能性の方が高い。

もしかしたら、勇者としてあっちの県内で人気な青葉に対抗して、こっちで周囲に味方を増やす気なのかもしれんな。

過去をざっと調べた限り、知らない住民まで周りは青葉の味方っぽい雰囲気で、イレイサーが以前住んでいた場所は完全にアウェイ。

それを経験して、青葉がちょっかい出してくる前に、周囲に味方を増やしてホームにしようと画策しているのかもしれない。

「ツバキだ。ダンジョン攻略の合間に上げる、友人との気楽な動画2本目、よろしく頼む」

相変わらずあまり表情を変えずに話すツバキ。

「カズマだ。よろしくな」

短い挨拶の中にもなぜか困ったような気配が漂うカズマ。

どちらにも黄色い歓声的な字幕が流れる。この2人、この市のダンジョンでは有望な冒険者であるし、この県で配信含めて名前が上がる冒険者と比べて見栄《みば》えがいい。

それぞれ自分の住む県の冒険者を県民が推して、競っているようなところがあるので、ツバキとカズマが配信を始めたのならば盛り挙がるし、喜ばれるだろう。

2人の参加する攻略パーティーで上げている真面目な戦闘動画も閲覧数は良かったはずだ。配信で有名になって味方を増やす気ならば、人選は正しい。そして、いつ撮ったのだか知らんが配信は2回目らしい。

見た目おとなしやかなレンが、あの単純明快そうな中身そのままに敵に突っ込んでいって、カズマが悲鳴を上げているが。なるほど、カズマの困惑の理由はこれか。

イレイサーはこの基本の『化身』分もステータスが底上げされ、その能力も使える。レベルアップもしやすく、上昇値もイレイサーの値だけだが高い。

イレイサーは強い。が、基本の『化身』は一般と同じ条件である。

つまり、動画をいつ撮ったのだか知らんが、レンとユキはレベル10の初心者だ。そして世間一般よりもダンジョンの知識に乏しい。

レンは二丁銃——中距離での闘い方の方が向いているはずなのに、近接職並みに前のめり。魔物との位置関係が近い。

カズマが慌て、字幕には悲鳴と笑いが溢《あふ》れる。

ツバキは基本手を出さず、レンのフォローはカズマに任せているらしい。時々カズマの慌てように愉快そうにしている。

ユキは困った様子でレンを諌《いさ》めているが、基本の『化身』は魔法特化らしく、こちらはきちんと距離をとっているため、ドタバタしていないというか、カズマよりは冷静に見える。

レンの位置取りのクセは、もしかしてイレイサーでの武器がグローブだからか？　あれは殴《なぐ》るのだから、近づかんとダメだからな。

イレイサーとしての方が、ダンジョンにいる時間が長いことによる弊害《クセ》とかかもしれん。それにしてもなぜ突っ込む、と言いたくなるが。

ゼロ距離射撃やめろ。

——何を見せられているのだろう、私。

情報は拾いたいが、なんか遠い目をしたくなる。カズマ、頑張れ。ちゃんとレンが適切に動けるよう、指導してやってくれ。ソレに強くなってもらわんと、私の都合がいろいろ悪いのだ。動画に微妙に精神を削られたが、気にしないことにしよう。時々情報は拾うが、関わらない方向で。


——が。

本日は、柊さんに梅の実の収穫に誘われている。昨年梅干しをいただいていて、本年も期待している身としては参加一択である。虫除けも塗ったし、準備は万端。

約束の時間に柊さんの家に行くと、柊さんの他、イレイサーの２人、椿と一馬までいた。半分予想はしていたが、勢揃いだ。

「よろしくお願いします」

「おう。こっちこそ頼む」

柊さんはプラスチックの四角い折り畳みのケースを車に積み終えたところ。梅は結構大量で、自家消費分を取り分け、他は市のダンジョンの物産販売に卸しているのだそうだ。

「あらためて孫の蓮花と言います、よろしくお願いします」

「雪杜です」

「滝月です」

にこやかに挨拶を交わしながら観察する。生身のイレイサーも双子なだけあってよく似ている。

そして納得いかんことに、蓮花がおとなしやかに見える。というか、話し方も落ちついていて控えめだ。なぜだ。

貴様、山から滑り降りて来ただろう？　祖父向け孫演技か？　いや、山の中でも後半は割と静かだったような……？

雪杜の方の印象はあまり変わらない。なんかこう、線が細く色白、憂いを含んで整った顔。その憂いはもしかしてレンのやらかしのせいか？　配信でも見た表情なんだが。

「よろしく」

「今日はよろしくお願いします」

一馬が短く、椿が薄い笑顔を浮かべて言う。

薄い笑いに今日も圧がある。親戚の行事に混ぜてもらってすまんな。一馬を盾にしよう。

それぞれ挨拶して、梅林に向かう。私は通ってきたので、戻るような状態だが。柊さんは車で向かうので別行動。

「匂いは甘いのに、齧ったらちょっと酸っぱいし苦いよね」

「皮を剥けば、そうでもないぜ」

蓮花と一馬の会話。

食ったことあるのか……。言葉からして、蓮花は拾い食いの気配がする。

しばらく前、いい匂いをさせていた白い花は今は実に代わり、黄色く色づき所々赤く、今度はそのまま齧りたくなるような美味しそうな匂いをさせている。

青梅は毒だが、完熟は食べられる。だが、生で食う話はあまり聞かんのを考えると、そう美味いものではない気配。いい匂いだが、杏やスモモ系の味で加工向きなのだろうな。

梅の木の下にはそれぞれ青いネットが張られており、自然に落ちた梅が溜まっている。まずはこれを集めてプラスチックケースに入れていく。あと、ちょっと揺らして落ちるものは、同じくネットの上に落として詰める。

単純な仕事だ。

うん。かがんだり、中途半端な中腰やらでキッツイ。ケースがいっぱいになったら、車に積み込み、新しいケースを受け取ってまた詰める。広い見事な梅林は、当然ながら実をつけた梅

の木が立ち並び——無限地獄か何かか？

重量があるので、柊さんは車で家と往復を何度か。自家消費分は、佐々木家に運び込まれ、漬物上手の佐々木さんが梅干しにするのを一手に引き受けてくれるらしい。

ちなみにネットを張った時、青梅を収穫して梅酒と梅のシロップ漬け、カリカリ梅を作ったそうで、それは既にひと瓶ずついただいている。酒も氷砂糖も高いのに。

私も今年は庭の青梅でちょっと作ったので、出来上がったら梅酒の飲み比べをしよう。青梅、杏、完熟梅、佐々木さんの家も瓶でいっぱいになっていそうだ。

来年は梅の花が咲く頃に、酒と氷砂糖を贈ろう。——催促に思われるかな？　難しいところだ。腐るものでもないし、いっそのことすぐに贈ろうか。

「疲れませんか？」

「大丈夫です」

ダメです。

椿の問いかけにそう答えるが、本音はダメだ。長時間かがんだまま前進するとか、なんの障害物訓練なのだ？

だがしかし、一馬と椿が普通にしているのでダメとはいえない何か。年のせいにしたい気もするが、柊さんは私の倍以上である。

普通、普通の筋トレ的なものであればなんとかついていける気はするんです。でもこの格好は痛いというか、膝と腰が固まる……っ！

蓮花と雪杜は暑さに負けて、木陰で休んでいる。一緒に休めばよかったのだが、イレイサーとはなるべく距離を置きたいので、話す機会は潰しておきたい。それといらん見栄もあり作業を続けている。

疲れたのには、椿との間に一馬を挟むか、距離をとるように動いたせいもある。いい加減自然に見せかけるには無理がある気がして、途中で諦めたが。

別に悪感情はないのだが、よく分からん圧と、向けられる視線が探られているようでどうも落ち着かん。あと、なんで椿は汗をかいておらんのか謎だ。

一馬曰《いわ》く、好意を持たれているらしいが、とてもそんな気配とは思えん。

「……本当だ。椿が丁寧に話してる」

「単純に年上だからじゃないかな？」

「だって、顔に力が入ってるよ？」

「……なんであんな固まった顔になるんだろうね？」

蓮花と雪杜が言い合うのが聞こえてくる。やはり私に向けてくる顔、おかしいよな？　薄い笑顔の能面というかなんというか。和風美人なことが、ますます圧に拍車をかけている気がする。

２人の会話を聞いた一馬がこっちを見てきたのだが、なんでそんな憐《あわ》れむような微妙な顔なのだ？　お前の姉だろう？

収穫を終え、柊さんの家でお茶をいただく。

さすがに６人がかりだったので、昼を少し回ったくらいで終わった。ネットやらケースやら、事前準備が済んでいたからもあるが。梅をメインでやっているところはもっとすごいんだろうな。

梅は数日塩に漬けられ、赤紫蘇を加えさらに数日、天日干しを数日。出来上がるのは４週間ほど先らしい。

「梅のヘタを取るのが面倒なんだよな」

「私、取るの割と好き。竹串でこう取るんだよね」

蓮花が竹串を持つ真似をして、手首をひねる。蓮花も細かい作業をするのが意外だ。

「蓮は竹串握るのやめてほしい、いつか貫通しそうで見てると不安で」

「……」

雪杜の言葉に無言で視線を逸らす椿。

待て。貫通って梅の実と手とどっちのことだ？

「ああ。この２人はな……」

また微妙な表情になる一馬。

椿、お前もか！

お茶を飲み終え、解散。これから一馬たちは話題の梅のヘタ取りらしい。

梅干しは減塩タイプと普通のもの、蜂蜜《はちみつ》漬けを作ってくれるそうだ。赤紫蘇で赤く染まった梅と見せかけて、蓮花と椿の血だったらどうしよう。呪いの梅にならんことを祈る。

そして持たされる肥料の空袋に入れられた野菜。

大変ありがたいが、一人暮らしに容赦のない量である。肥料袋は丈夫であるが、持ち運びしやすいようにできていないので、感覚的に重さ倍増。

私の握力と腕力は70代の老人に負けるのだろうか。一応、生身でも素振りやら何やらやっていた経験があるのだが。うん、他の体育会系のノリについていけず、最低限のノルマをこなしてあとは素振りと称して隅でサボってただけだな。

ただの素振りより、土に打ち込む鍬《くわ》の方が力が入りそうだし順当かもしれん。というか、柊さんも剣術はやっていそうだ。

佐々木家はもともと道場をやっており、ダンジョン出現後の格闘や剣術教室の流行《はや》りに乗った。椿と一馬の両親は、道場を街に移してそちらにいるらしい。

その話を聞いた時、柊さんの体型や姿勢から、その道場に通っていたのではないかと思ったのだ。親戚だし、近いし。

佐々木家には今でも黒光りする床の道場があるらしく、椿がそこで型をなぞっている動画があった気がする。

ようやく家に到着し、土間で肥料袋をひっくり返す。ビニール袋に詰め替えて冷蔵庫、紙に包んで冷蔵庫。冷蔵庫圧迫問題が解決しない。

いつもより雑に処理をして、シャワーで汗を流し着替えてソファで伸びる。履《は》いていた靴の手入れはあとだ。ようやく横になって体を伸ばせる！

そして寝落ちた。

もそもそと起き出し、軽いストレッチ。さて、完全に昼の時間からズレているが、飯を食おう。

チャーシューと煮卵を作ってあるので、チャーシュー丼で簡単に済ませることにする。飯を炊く間、タレと白髪ネギを作る。いただいた、砕いた梅をつけたカリカリ梅を出して準備は完了。

……1人分とはいえ、流石に炊き上がるまでもう少しあるな。味噌汁もつけとくか。野菜が不足してる気がするが、本日はもう面倒なことはしたくない。うん、アサリの味噌汁は具材を切る工程がないので楽。

炊き上がったごはんにチャーシューを載せて、タレをかけ、白髪ネギと半熟の煮卵を載せる。

鰹出汁も昆布出汁も好きなだけ使えるようになったので、美味しくできている。

塩と砂糖は出ているので、醤油もほしい。酒は最悪、黒猫にダンジョン移動を頼んで取ってこよう。そのダンジョン、『覚えの楔』が打ち込んである場所は、それなりに深い階層なので新しい装備が出来上がってからだが。

味噌汁に散らすアサツキを刻み――カードから【開封】したものが多めだったので、残りも全部刻んで容器に入れて冷蔵庫へ。

厚く切った柔らかなチャーシューとごはん、ねっとりと流れる黄身、しつこく感じる前にカリカリとした甘酸っぱいような味の梅で口直し。アサリの味噌汁もいい具合。

……柊家は誰が飯を作っているのだろう？　柊さんか雪杜なのか？　柊さんは一人暮らしをしていたので、料理はできるはず。

冷蔵庫の圧迫具合を考えると、酒や氷砂糖ではなく、魚の半身やらを調理しやすい切り身にして贈った方がいい気がしてきたのだが、許されるだろうか。

市のダンジョンに流しているものだし、行ける気がする。肉を贈るのが定番だったのだが、変更を考えている。

今までほとんど交流がなかったので思い至らなかったが、よく考えると市のダンジョンの深い層の牛肉やらは、ツバキとカズマが狩っている本人なのだ。私だって、私が市場に流した魚が返ってきたら微妙な気になる。

イレイサーが柊家に戻ってきてからというもの、佐々木家の2人もちらちらと姿を見かけるようになった。

一馬は一人暮らしも女遊びもやめて、戻ってきているっぽい。椿はあまり外歩きをしなかったのが、イレイサーと一馬の3人につられて外出が多くなった感じか。

徒歩圏に3家しかないせいで、交流を持たないのは田舎暮らしには難易度が高すぎる。お前ら、畑やら手伝ってないで若者らしく繁華街に行け、繁華街に。ダンジョンに通い、金を得て遊ぶのが若者だろう。

――イレイサーの2人のメインダンジョンは家だったな……。

◆◇◆◇◆

自宅のダンジョン1部屋目。

溜まっているカードの整理。カードを種類ごとに分け、自分で使うものを抜き出す。

次に鷹見さんに相談が要りそうなもの、関前さんのところに直接持ち込むもの、特定の客に販売するもの、オークションに流すもの――と、分けてゆく。

同じところをうろうろしているので、手に入れるカードのほとんどは、既に何に分類するか決定済みなため迷うことはない。

『強化』は現在、3枚に2枚の割合で【天地合一】に使用中。日本刀は分岐が出るまで強化済みで、分岐させるためのアイテムが揃っていないため打ち止め中。

揃っていないというか、分岐に使うアイテムは強い魔物が落とすものの方が、分岐先の能力が向上する。

コートの分岐で必要になるアイテムは、何か『黒い宝石』、何か『黒い皮』もしくは『黒い布』。これは『黒真珠』と『ブラックドラゴンの皮』『堕天の黒衣』を確保してある。

苦無の分岐は何か『銀色の金属』と『闇』のつく何かか『赤い液体』――という具合で、日本刀は何かの『鋼』と『月』のつく何かと『刃』のついている何かだった。

低層で手に入るものなら売っているしすぐに揃うのだが、深い層のものはなかなか難しい。戦っている時に必要としたことが分岐先に出やすいので、深い層に行ってから分岐を出したいこともあり、保留中。3枚に1枚は日本刀に使うつもりで取っておいている。

――時々誘惑に負けてコートに『強化』を使っているが、だいたいこんな感じ。この『強化』の素材、魔物から奪った能力カード、各種ドロップ、コートの【収納】はいつでも圧迫されている。まるでうちの冷蔵庫のようだ。

冷蔵庫といえば、ダンジョン用の冷蔵庫がそろそろ届くはず。魔石1つ分で冷えるものなので、大きくはない。まあ、自力で地下に運ぶことになるのでちょうどいいといえばちょうどいい。

カードを分け終えたあとは弾丸作り。さっさと作ってイレイサーに通じる箱に入れて終了。

弾丸を作る前、炸薬の材料としていろいろな物を粉状にする方が時間がかかる。

薬瓶といい、粉にする工程が多いな。何も考えずにかりかりごりごりするのは嫌いではないのでいいのだが。

弾丸については、イレイサーのダンジョン攻略が最初は速いことが予想される。前段階の素材加工をしておいても、次の強さの段階に移行してしまい、使わないままになることが予想されるので、あまり作っていない。

ダンジョンでの気になっていた作業を済ませ、今度は放置していた靴の手入れ。慣れているのもあって、山歩きも畑作業も軍靴《ブーツ》を愛用している。

長靴の方がざっと洗うだけで済んで楽なのかもしれんが、ぶかぶかしとるのはいざという時走ったり踏み込んだりしづらく落ち着かない。

柊さんのように頻繁に畝《うね》を作るような土のかかりやすい作業を行うとか、雨上がりに畑に行くとかであれば長靴の方が便利なのだろうが、既に広い畑の管理を諦めた私にはこれで十分である。

最近は買ってきた土の袋に穴を開けて、そのままそこに苗を植えることを覚えた。水抜き穴は作るが、土が流れ出すほどではないし、虫の侵入もある程度防げるし、いい感じだ。水の管理と土の温度が上がってしまわないかが少々心配だが。

そして冷蔵庫の整理。

冷凍室はそら豆、冷蔵室は鯛の切り身あたりをどうにかしたいので、本日の晩酌《ばんしゃく》のアテはこれにする。

刺身と煮魚は続いているので、鯛はタルタルにでもしよう。そら豆はどうするか、塩茹でか焼くかだけでもいいが、一度冷凍してしまったからな。それに少しぴりりと辛いものも食いたい。で、青唐辛子を素揚げして、カットして白味噌、麹味噌、柚子胡椒を加えて荒くすりつぶす。それをそら豆と和えて完了。

クリームチーズに塩辛を添えて、酒を用意してテーブルに運ぶ。塩辛は保つように塩をきつめにしたため、チーズがあるとちょうどいい。

ついいろいろなチーズを開けてしまい、これも場所をとっている。というか、油断していたら私の顔よりデカい丸で出てきたものが1つある。

明日あたり、ツツジさんとアイラさんにお裾分けするか。手が空いた時でいいとは伝えたが、いつ頃になりそうか偵察と圧を兼ねて。

カードではなく『開封』した状態は微妙かもしれんが、一方で食いきれない量を渡して困るのも確かだ。ツツジさんはともかく、アイラさんは私と違って交流範囲が広そうなので、譲る相手には困らないかもしれんが。

酒を飲み、アテをつまみながら本を読む。本日は昼がだいぶ遅かったので、夕食はこれでいい。エビと鯛のタルタルはなかなか美味しくできた。刺身やカルパッチョとは違い、少しねっとり絡みつつもエビと鯛の食感と味が広がる。

そら豆の辛味も好みにできた。２つをつまみ、塩辛をちびちび食べつつ、酒を飲む。

それにしても蓮花と雪杜、椿と一馬の４人は仲がいい。仲がいいのはいいとして、配信はほどほどにして早くダンジョンを攻略してほしいな。

青葉兄妹にレンとユキの『化身』の姿を知られてないとしても、ツバキとカズマが隠していないので、生身のことは調べればすぐに紐づけられる。

いくら青葉の２人が簡単に移動してこられないとはいえ、少々心配だ。外では警察沙汰でも弁護士でもどうとでもしてくれと思うが、ダンジョン内で会って返り討ちにされたら困る。

最悪その場に立ち会えれば、イレイサーでなく私が暗殺――落ち着け私、今は一般人、今は一般人。

◆◇◆◇◆

翌日、ダンジョンに行ったらツバキに配信パーティーに誘われた。なぜだ——いや、後ろでニヤニヤしている蓮花が原因なのは分かった。やらんわ。

「興味がない。お断りする」

断る時は誤解のないようはっきりと。

薬の納品後にツバキに話す時間をもらえるかと聞かれ、納品数の相談かと思い了承。そうしたら、借りている部屋にレンたちが入ってきて配信パーティーに参加しないかの打診だった現在。

収益から経費として40パーセント引いて積み立て、残りを6等分——6人のうち1人は撮影兼編集者のスズカ——する、解散時は残った積み立ても分けるような話だった。

そこそこ人気は出そうではあるし、金銭的には悪い話ではないのだろう。ただ、私が配信に全く興味がない上、面倒なので金の話の前に断る一択なのだ。

「そうか。時間を取らせた」

ツバキがあっさり引き下がる。

当たり前だ、ツバキとカズマは私が滝月であることは知らんはず。取引があるとはいえ、オオツキとは付き合いが短く、雑談と呼べるようなものもした覚えがない。

名前を挙げたとすれば、越して来たばかりで交友範囲の狭そうなイレイサーの2人。

私が協力者だと認識しているわけだし、関わるなとは釘《くぎ》を刺したが、あちらは私がイレイサーの姿ではない、本来の『化身』を認識しているとは思っていない。イレイサーであることを私に隠して、近づいているつもりかもしれん。

ユキはともかくレンなら意味もなくやりそうなイメージだ。バレた時の驚きとウケを狙って、愉快犯というのか、考えなしというのか。

だが、レンが薦めたとしても、ツバキたちが積極的になることはないだろう。だいたい私、ここでは生産職扱いだしな。

それにもし滝月だと分かっていても、同年代で友達ならばいざ知らず、単に近所だからでは誘う理由になっておらんと思うが。

もっと親しくて、冒険者として真面目にやっとるヤツだとか、目立ちたい露出趣味のヤツは多いだろうに。

「というわけだ。スズカ、諦めろ」

ツバキが振り返って、カズマたちの後ろに控えていた女性に言う。

「……はい」

まさかの第三勢力。

スズカは薬の納品の時、検品を担当している人なのだが、ツバキよりさらに言葉を交わした覚えがないぞ。なんだ？　流れからいくと、私に声をかけた理由はツバキ本人でもレンでもなく、スズカのようだが。

レンには濡れ衣をかけた模様、口に出していないからセーフ。にやにやしていたのは、単に候補に挙がったのが知っている人物《わたし》だったからか。

「その手、せっかく映像に残せると思いましたのに……」

目が合ったスズカが物悲しそうにじっとこちらを見て言う。だが視線が合わない、やや下？　手？

「じゃあさ、手だけ出演ってどう？　オオツキさんには、回復担当してほしいんだよね？」

レンが言う。

一通りの説明の中で、私に求められた役割は回復補助。

ユキは魔法特化で、補助系の魔法と一部攻撃魔法を使うが、回復に関しては『緩やかな回復』になり、危急の時に不安が残るらしい。

配信の絵面的に、薬をメインの回復に据えたら他と違って面白いのではないか――というのが、私に話が来た元らしい。簡単に言うと、こいつらに薬瓶をぶち当てる仕事だ。

魔法での回復役がいるパーティーがほとんどなのは、その方が断然安定するからだぞ。なぜ危ない橋を渡ろうとする。

レンがゼロ距離射撃しとる時点で、安定したパーティーは諦めて、イロモノの路線なのかもしれないが。

「作る薬は少しのずれもなく揃って美しい。それに薬瓶を扱うその白く長い指をずっと見ていたい、そう思うのは私だけではないはず。配信で流すのは、編集で手だけにします！　どうですか？」

スズカが思いつめたような顔で提案してくる。

手フェチか、貴様。

「断る」

顔が映らんでも、一択なのは変わらない。

イレイサーの情報はチェックしたいが、そのためにべったり張り付くつもりはない。時間にラグはあるだろうが、成長具合の確認は配信を見ればいいだけである。

「そうですか……。残念です」

本当にものすごく残念そうに引き下がるスズカ。

なんで私、フェチに好かれるんだろう？　政府時代も1人いたが、あれは最初は突っかかって来てたんだよな。面倒になって暴力に訴え、床を舐《な》めさせたら変な方向に進んだ記憶。

私と違い表でも活躍していて、今でも時々政府の『勇者』として映像に出るが、足フェチから更生できたんだろうか。

もう関わることもないだろうから、人の趣味をとやかく言うつもりはないが、フェチに気付かせてしまったのが私かと思うと、いささか微妙な気分になる。

「やはりここは滝月さんに声をかけて……」

「ツバキは滝月さん推しだね。滝月さん、かっこいいけどちょっと抜けてそうなイメージだけど、そこがいいのかな？」

いや待て。

そこで生身の私を出すな、反応に困る。あとレンに抜けてると言われるのは心外だ。ツッコミどころが多すぎるのにツッコめない。

「あの人、配信とか興味なさげというか、そもそも見てなさげだろ。そう親しくもないのにいきなり話持ってっても困惑するだろうし、近所付き合いの手前断りづらいだろうし、迷惑かけるだけだからやめとけ。そもそも『化身』がどんな姿かさえ知らねぇだろ」

ありがとうカズマ。私の中で草取りマスターの株は鰻《うなぎ》登りだ、今度来たら茶くらいはふるまうぞ。

「僕も滝月さんより、薬の扱いに慣れてらっしゃるオオツキさんにお願いしたいです。それに冷静そうですし、ぜひストッパー役に。僕とカズマでは止めきれない」

そう言って目で訴えてくるユキ。

ツバキも暴走側か。

ユキが体の側面、対面している私にしか見えないよう冒険者カードを小さく振っている。そんなことをしなくても、イレイサーであることは気付いているんだが。

「……保留で」

限りなく断る方向だが、円滑なイレイサーとの関係のため、家のダンジョンでユキから話を聞くくらいはしてやろう。


ツバキたちと別れ、途中で茶を買い自分のブースに戻る。

ユキにどうメールしようかと考えつつ、薬の生産の準備をする。瓶の数の確認、各薬草の数の確認、魔石の粉の確認——道具を揃え、使いやすい配置に整える。

あとはいつものように作業をするだけだ。

本日は市のダンジョンで夕方まで生産、ギルドに納品する規格の薬とツバキたちに納品する規格のものを中心に量産する。

次にイレイサーの注文分。こちらは2人が試行錯誤しているのか、1回ごとに注文が変わる。

もう少しダンジョンでの戦闘に慣れたら、ツバキたちが使っている規格に落ち着く気はする。

それらの生産を終えて、新しい生産道具に入れ替え、普段作らない上のランクに手を出す。

【生産】は持っているので、ダンジョン内で効果を出すアイテムを作り出すことはできる。が、リトルコアのドロップカードで得た能力と『運命の選択』で得た能力の間の差は雲泥万里《うんでいばんり》。

その差を苦無についた【正確】で埋めている。そして、能力がついている苦無を使った行動ならば補正が大きく働くのだが、その他については地道な努力がいる。日本刀の太刀筋しかり、生産作業しかり。

同じ作業を繰り返し、その中で理想に近い結果を出した動きをなぞり、【正確】になぞれるようになったら、また少しやり方を変え、補正し、理想の結果を出した作業をなぞる。

先日、50層の魔石を均一に粉にできるようになった。水と礫の魔法石もクリア、今は風の魔法石をごりごりやっている。

石の粉の類は買ってしまおうかと何度思ったことか。でも段階を踏まんと、次のランクの作業が上手くいかないことは過去に経験済み……。

これ以上のランクの石の粉は、買うとバカ高い。素材の石は拾ってこられるだろうが、加工賃がですね？　自分でできるようになればタダだ。むしろバカ高く売る側に回れる。

そういうわけで風の魔法石をごりごり。

……なんで私は生産してるんだろうな？　ダンジョンを周回して、魔法石のまま売り払った方が早いのだが。

いや、そのダンジョンがイレイサーのために薬を作らんと消えるんだからしょうがない。

もともとは田舎で自給自足のスローライフ――に、挫折した時の保険で始めたんだよな、コレ。前職時代はほぼ使わなかった能力なんだが。ギリギリ【生産】もスローライフの範囲かな、って。


ごりごりかりかりやっていると、ノックの音。

「待ってくれ。今開けると粉が舞い上がる」

粉にしたものを保存瓶に移し、道具も【収納】。

「待たせた」

「こちらこそお待たせしました」

「いや、時間通りだ」

本日市のダンジョンで生産を続けていたのは、鷹見さんと待ち合わせて、飯だからである。忙しいだろうに、時間ちょうどだ。

「出る前にこちらを」

鷹見さんがカードを差し出してくる。

鷹見さんに任せていたリトルコアのドロップの一部を【封入】し直したカードだ。これで昆布も使えるし、『松坂の牛』とかも使え……るんだろうか？

「解体も紹介いたしますよ」

私の顔色を読んだらしい鷹見さんがにこやかに。

「お願いする」

糸目の笑顔は胡散臭《うさんくさ》いのだが、損と思うことをされたことがないので、そういう印象なだけだ。人がいいだけではないのは分かっているが、私とは上手いこと折り合いがついている。

鷹見さんの車で移動かと思ったが、ハイヤーだった。どうやら今日は鷹見さんも飲む気らしい。

そして連れてこられたのは藍色の暖簾の蕎麦《そば》屋。

「こちらの店は、海老と小麦、鰹節を中心に取引していただいている店です」

「なるほど」

最近はドロップの種類が増えたため、取引している店でも食べに行けていない店がある。この蕎麦屋もその一つだったようだ。

家からは山の中なので仕方がないが、市のダンジョンから距離がある店もある。つい、ダンジョンと家の途中にある『翠』に行ってしまう。酒を飲む気ならば、徒歩で行けるし。

鷹見さんの言った通り、まんまと通っている私です。

おたまで掬《すく》ったような豆腐、かまぼこ、漬物が載った細長い皿が日本酒と一緒に運ばれてきた。

「では、お疲れ様でした」

「お疲れ様でした」

とりあえず一杯。

豆腐はわずかな甘さを感じさせ口どけがいい。弾力のあるかまぼこに山葵《わさび》がちょうどいいアクセント。

「今日の【開封】も盛況でした。やはり出汁と香辛料系は皆様欲しがりますね」

機嫌が良さそうな鷹見さん。

前回は私も会議室での【開封】に立ち会ったが、今回から鷹見さんに丸投げである。リトルコアのカードは会議室で開けられる大きさのものも、【開封】ダンジョン行きのものも、運搬も面倒なので好きにしてもらう方向で。

「これ以降は、何度か県外に流します。これで取引が広がれば万々歳です」

「ダンジョンが消えた時が怖いが」

イレイサーがやらかしたら消えるんだぞ、うちのダンジョン。

あまりに鷹見さんが上機嫌で、供給が途切れた時が怖くなる。

「リトルコア討伐の条件をクリアしたダンジョンでも、時々そういう話も聞きますね。――ああ、そうなってもこちらのことはお気になさらず。ルートと手順が確立すれば、それ以降も取引は続きますから」

輸送の厄介な点は車の魔石の供給。産出されたダンジョンから離れるほど、動力的に弱くなるので、ダンジョンに寄って魔石を変えながら移動するしかない。魔石をたくさん使い、無理やり走る区間もある。

鷹見さん曰く、一度魔石の供給地点を整備したり、走ることに慣れてしまえば、そのルートが破棄されることは滅多にないらしい。

「うちのダンジョンは産出物が一般的なものなので、ルート開発を相手側に押すには弱かったのですが、おかげ様で」

相手の欲しがるものの供給がすぐ終わるのもなんですし、3、4年供給を続けていただけるとありがたいです、と鷹見さん。

それくらいならと私。

酒を注ぎあって、なんとなく少し悪い笑いを浮かべる。越後屋と悪代官の密会の気分だ。

うん、ダンジョンが消えてもしばらく供給は続けられるくらいカードはある。なぜならば、『強化』カード目当てにこれでもかと回っているから。

蕎麦は殻が残る粗挽《あらび》きでこしがあるくせに、喉ごしはすっきりだった。つるんと触りがいい更科《さらしな》蕎麦も好きだが、香りは断然こちらに軍配が上がる。

そして酒によく合う。

鷹見さんと飲んで帰って、気付けばユキからメールが来ていた。

どうやら、私から出す必要はなかったようだ。

何々？

『――オオツキさんも気付いてらっしゃると思いますが、昼間ツバキたちと一緒にいたレンと僕《ユキ》はイレイサーです』

ああ、やっぱり私が気付いていることを理解していたか。

まあ、同姓同名のレンとユキが周囲に突然生えたら普通は気付くし、気付かないと思われてる方が微妙だが。

『姿が違いますが、怪しむ目を向けて来られないということは、僕たちがイレイサーであることに疑いではなく、既に確信を持ってらっしゃるのだと思っています』

疑う小芝居をするのも面倒だったしな。代わりに全力でスルーしていたんだから、その意図を汲《く》んで関わってくるのを控える方向になぜいかん？　レンと違って聡《さと》いようなのに。

『動画配信など目立つことをとお思いでしょうが、対象は僕たちの家の場所を知っています。そしてダンジョン内での僕の（イレイサーではない方の）姿を知っています』

おっと、ユキもレンもレベル1だったので何かの理由で――十中八九対象関係だろうが――両方とも『運命の選択』をしていないのかと思ったら、イレイサーに選ばれる（引っ越す）前から、ユキの方は『化身』を得ていたのか。

なるほど、では名前もしょうがあるまい。『運命の選択』を行うのは、まだ少年少女と呼ばれる頃。冒険者名になかなかイタイ名前をつける者もいる。

そして冒険者カードは、人の技術ではなくダンジョンに属するもの。一度登録したら変更が利かない。ユキならまともな部類だ。

――獣牙皇帝龍天魔王くんは元気に過ごしているだろうか？　思わず皇帝なのか王なのかは

っきりしろと、平坦な声で言ってしまったのは仕方がないことだと思う。

『配信は幼馴染同士の遊びのようなものですが、以前の場所で人気の配信者であった対象の言葉を聞く者が多く、対抗するのだとレンが張り切っています。

その実、有名になれるとは思っていないようですが、多少知らない誰かにも広く自分を信じてほしい欲求もあるようです。

もう隠れて行動を制限することは嫌だというのも本音でしょう。それは僕にもありますので、よく分かります』

メールが長いぞ、ユキ。長文吐露《とろ》するオトモダチがいないのか？　対象に囲われるというと語弊《ごへい》が出そうだが、過去配信見る限り監視されるような生活しとったようだし、同じ年齢帯の友人がいなかったのだろうな。

だが椿と一馬が今はいるだろう？　そっちに相談しろ、そっちに。いや、待て。相談してイレイサーのことまで打ち明けられたら、芋《いも》づる式に私のことも？

『レンは『化身』になると、少し思考が幼くなるようです。そしてイレイサーの『化身』になると、生身での記憶が曖昧になるようです』

おい。いきなりぶっちゃけるな。暴走理由はそれか！

『化身』は元の性格を強調するようなものになるとか、逆に『化身』が生身の思考にも影響を与えるとか言われる。

また、『化身』は外の世界の社会的環境で培われた性格がなりを潜め、束縛のない元の性格よりに変わることも多い。

私も人のこと言えんが。

『僕のことは双子の片割れの扱いは変わりませんし、対象を絶対殴ることは深く心に刻まれているようです。時々ふっと詳しいことが思い浮かぶこともあるようです。本来の『化身』の時の記憶はあるようです。——タガが外れてとても楽しそうです』

自由奔放《ほんぽう》で何よりだが、タガが外れたら桶がバラバラに分解するからな？　その行動で何もかも台無しにするのは避けろよ？

『ツバキはレンの奔放さを面白がっているため、ストッパーにはならず、僕とカズマでは止め切れません。スズカさんは手にしか興味がありません。嬉しそうに手の写真コレクションを見せられて、ちょっと怖いです』

おい、やめろ。知ったら巻き込まれそうな気がする。

『スズカさん本人曰く、手を写真や映像に閉じ込めることに喜びを感じるそうです』

続けるな！

『そういう方向なので、本体の手を撫で回すとか、切り落とすとかそっち方面にはいかないようですので安心してください』

安心できない上に、むしろユキの思考が怖いんだが？

『それでも安心できず、配信が無理であるのならば、イレイサーのダンジョンにたまに付き合っていただけないでしょうか?』

だからどこに安心できる要素があった? まあ、ちょっとイレイサーのダンジョンには興味があるが。

『今のところツバキにもカズマにもイレイサーであることを教えていないので、イレイサーでの戦闘を見てもらえるのがオオツキさんとテンコしかいません。僕はダンジョン経験が浅く、レンの戦い方がおかしいのは分かるのですが、どう直していいのか分からず……』

ああ……。イレイサーのレンも無茶しとるのか。

『レンとも相談して、もしツバキとカズマに僕たちがイレイサーであることを告げる時でも、オオツキさんやテンコのことは黙っていることと決めていますが、たぶんレンは顔に出ると思いますので、オオツキさんを知っていることはまるバレになるかと思います』

……。レンに隠し事は無理そうだとは思う。

『なので、配信の参加は無理でも、市のダンジョンで挨拶してもおかしくないくらいには親しくしておきたいです』

親しくってどうやって？　人付き合いの嫌いな私を舐めるなよ？　陽キャと違うのだ、理由のない交流なんかできると思うなよ？

――寝ろ。同じ内容になっても構わんから、昼間にあらためてメールをしろ。ダンジョン何日目だ？　多少危険な魔物に遭遇せんとたぶんレンは学習せんぞ。とりあえず自分が煮詰まってるのをなんとかしとけ。

これが私からの返事。

悩みの解決法を探ることを、夜にやるとロクな結果にならない。そしてイレイサーがどこまでダンジョンを進めているか知らんが、今は力押しでなんとかなってしまっているのだろう。

……と、思うのだが。イレイサーのダンジョン内で、『イレイサーの化身』の生命が０になっても化身を失うことがないというのは本当だろうか。

レンが突っ込んでいっては死に戻っているなら、ユキの心配も分かる。別に痛みが軽減されとるわけではないしな。

イレイサーのダンジョンの特性は分かっていないことが多い。情報を得るにはイレイサー自体が少ない上、私が関わったイレイサーはさらに少ない。それに政府が得た情報の全てを、私に開示してるわけがない。

で、メールの返事は返事として。

内容への返事はどうするか。正気に戻っても、希望内容は大して変わらんだろう。

レンの暴走の制御。イレイサーのダンジョンでレンの戦闘を見るか、市のダンジョンでレンの戦闘を見るかのどちらか。

暴走制御は無理では？　突っ込んでいく前に、暴力で止めていいなら考えるが。

イレイサーのダンジョンには少し興味があるが、おそらく一度入って見れば満足してしまう。食材落ちそうにないし。

私的には丸々5年かけて強くなってもらい、ギリギリで対象を消してもらえれば万々歳だ。

ストーカー案件は法的にあれこれしているようだし、こっちに移動してくるようなら連絡が入るだろう。

それに極端な話、生身の蓮花と雪杜が攫《さら》われて監禁されても、対象の化身を私が消せば私的には問題ない。

困るのはダンジョン内でイレイサーが対象に負けて失敗すること。

イレイサーのダンジョンは関係者以外立ち入り不可なので無問題、そもそも『化身』が消えないので勝ちもないかもしれないが、負けはない——万一があるとしたら、市のダンジョンで。

現在イレイサーはまだ弱い。ツバキとカズマがいるので多少マシだが、今の時点では4人より対象の2人の方が強い。

レンとユキが市のダンジョンに通うのはどの程度の頻度だ？　梅の収穫の時にツバキたちとしていた会話を聞く限り、本来の『化身』は市のダンジョンで鍛えることにしとるっぽいので、日参に近いのか？

まあ、ストーカーがいきなり殺しにかかってくるってことはない、と思うが。

青葉の配信を見た限り、どうもレンに触りたいらしいことが滲《にじ》み出ている。色っぽい話ではなく、だ。

レンがつい最近までダンジョンで活動できなかったことと考え合わせると、黒猫《だんじょん》が青葉の2人の排除を決めた理由に関わることなのだと思う。

市のダンジョン。配信、配信か。

私の性格的には向かないんだが、イレイサーのダンジョンの方は3人で——テンコも来るかもしれんが――何を話せばいいのか謎だ。配信《こっち》ならカズマが手フェチ以外の相手を一手に引き受けてくれそうな気がする。

ツバキとカズマは本業（?）の攻略配信があるからだろう、こちらの配信頻度は月に1度か2度の予定だと書いてあったな。

思ったよりイレイサーが生産の要求をしてこないので、その程度なら付き合ってやってもいい。生産の要求が増えたら、それを理由にダンジョン攻略に付き合うのはやめる方向で。

私の姿は手を含めて映さないこと、テンコからの付与石の購入を仲立ちすることを条件につけるか。それでもいいというかは謎だが。

どうでもいいが、手フェチは私のせいではないよな？『自分に惹かれる性質の者に、影響を与えることができる』という吸血鬼の特性があるが、昼間だったし違うはず。

吸血鬼ならばある程度コントロールできる――代わりに力が強すぎてすぐバレる――が、ダンピールの私のこれはごくごく弱く、制御も相手の誘導もできない。何より、特性の強く出る夜にしか影響がない。

ちなみに夜は、「何となく嫌！」とか「近づきたくない」とかの第一印象を持たれることも多い。これは私の愛想が悪いせいもある気はする。

特性は私に向けられた、何かに頼りたいとか、何かを愛でたいとか、執着する気持ちを増幅してしまう程度。

そもそものすごく弱いので、私に興味がなかったり、普通に生活している人には影響はないのだ。スーツスキーは私と会う前から、私以外にもスーツスキーだったし、手フェチは私に関係なく最初から手フェチだ。この特性が出るのは夜で、昼間は影響外！

ユキもメールで、写真コレクションを見せられたと書いていたし。きっと元々だ。元々だと、それはそれで周りにフェチが多すぎ問題が発生するのだが。

足フェチはあれだ、私がちょっと心を折ったあとだったのでこう……弱った心の隙で本人も自覚がなかったフェチを引き出してしまったらしい。絡んできたのが悪いとは思うが、正直すまんかった。

◆◇◆◇◆

朝、ビスケットを食べながら牛乳を飲む。

バターも小麦粉も手に入れたし、好みなビスケットを自分で作るのもいいかもしれない。あとで他に何を使うのか調べよう。

胃を刺激して目を覚ましたら、朝の散歩というか沢登り。行きも帰りも小走りである。最近は慣れてきて、足場にする石も決まってきた。

さすがに早朝はイレイサーたちと山の中で鉢合わせることもなく、快適である。

家に戻って、草取りと庭木の手入れ。今年は葉ネギを植えるつもりだったんだが、ダンジョンで出たんだよな。何か他にあるか?

野菜の植える時期には疎《うと》いが、ホームセンター的なところに行けば、この時期に植えるべき野菜の苗が並んでいる。ついでに土も買い足しておこう。

トマトとキュウリを収穫して朝の業務は終了。

シャワーを浴びるついでに洗濯、洗濯機任せなだけだが。さっぱりして、洗濯の完了を待つ間、掃除をしたり布団を干したり。

洗濯物を干したあとはしばしソファで伸びる。沢歩きはともかく、庭と菜園の手入れでいろいろ削られる。

朝が軽かった分、昼を早めに。

卵を茹でて、パンを焼く。バターを塗り、1つは粗く潰した卵サンド、1つはキュウリとトマトとチーズとハム。トマトは少し水っぽい気がするが、キュウリが美味い。キュウリだけのサンドイッチでもいいかもしれない。

ちなみにパンは鷹見さんに連れていってもらった、フレンチ系の創作料理『ODA』で譲ってもらっている。パンも自分の店で焼いて提供しており、とても美味しい。

普段持ち帰りはやっていないのだが、そこは食材を卸している者の特権と、鷹見さんの顔である。

サンドイッチ用に食パンも欲しいのだが、食パンはどこのパンだ？　イギリス？

茶を飲みながら調べる。うん、日本の食パンの原型はイギリスでよさそうだが、フランスにもあるな？

フランスの食パンは『パン・ド・ミ』。パン・ド・ミの『Ｍｉｅ（ミ）』は中身のこと。フランスはバゲットとか皮を楽しむパンが多いから、わざわざこういう名前がついとるのだな？

バゲットの端が一番人気らしいので、国によって好みがいろいろだなと思う。

フランスにも食パンポジションのものがあるのは分かったが、よく考えれば『ＯＤＡ』が作っていないなら意味がない。イギリス料理屋なんかあるのか？

いや、普通にパン屋が美味いパンを焼いてくれればいいのだが。今のところ、『ＯＤＡ』の方が美味しいのである。

それはともかく、ユキからメールが届いている。面倒だが仕方がない、読むか。呉越同舟《ごえつどうしゅう》というのとは少し違うが、一応同じ目的……いや、違うな？　私の目的は対象の消去ではなく、家のダンジョンを継続させることだ。

イレイサーと対象が存在しておらんと、効率が悪くなる。強化もそうだが、ドロップ率やらそのあたりも普通に戻ってしまう。なるべく長く、今の状態のダンジョンであってほしい。

ユキからのメールは短かった。

内容は謝罪と要望と報酬の提示だ。

金はいらん、自分で稼ぐ。昨夜結論を出した通り、メールを返す。少し条件がきついだろうが、配信に顔出しはごめんこうむる。かといって、イレイサーのダンジョンに付き合うのも、1人で相手をするのはとても面倒なのである。

さらに譲歩することになりそうだが、月に2度くらいなら付き合ってやってもいい。

さて、返事も出したことだし、ダンジョンへ行こう。装備ができてくるまでは、と自分で決めたこととはいえ、同じ場所をぐるぐるしていると飽きる。頼みを引き受ける気になったのは半分そのせいかもしれない。

おっと、その前に布団と洗濯物を取り込んでおこう。夏のいいところは洗濯物がすぐに乾くところだな。

で、ダンジョン。すっかり慣れた行程をこなす。完全に作業なので飽きる、沢登りの方がちょっとした自然の変化が楽しめていい。

布系の素材や『火炎鹿』の素材が溜まってきたし、ツツジさんとアイラさんに会うか。圧にならない程度に顔見せに。

それにしても豚やら牛やら出ているのに、食材が落ちるせいで皮系のドロップが極端に少ない。ツツジさんには『火炎鹿』で諦めてもらう方向で。いや、もう少しダンジョンを進めれば、きっと皮も……とか言っておけばいいか。

出てほしいのは酒だが。

つらつらと考えながら、敵を倒してゆく。【正確】が効いているせいで、周回する度無駄や遊びがなくなり、本当に作業になる。効率はだいぶいいのだが。

人間やはり楽しみがないといかんな。せめて日本酒かビールが出る階層が混じっていれば、楽しみにできたのに。

アイラさんとツツジさんに渡す素材カードを整え、市のダンジョンへ。

ユキがテンコへの口利きなど条件を飲むメールを送ってきたので、私も市のダンジョンでツバキに伝言を送ることが目的なのだが、わざわざ出てきたのだからいろいろ用事を済ませたい。

テンコへの生産依頼の他は、結局ツバキとの交渉になるわけだがこれは不成立でもテンコへの生産依頼は仲立ちしてくれるようだ。

人付き合いが嫌いな身としては、仲立ちなんてハードルの高いことを本気でするのかと慄《おのの》くのだが、世の中にはそれらを負担とも思わずこなす人種がいる。テンコへの口利きはユキにとっては大したことではなかったらしい。

私は種族特性で変な人種が寄ってくるせいもあり、人付き合いは最小限にしたいタイプなんだ。――うそです、特性うんぬん関係なく人付き合いは苦手です。

相手も無愛想な私がそばにいるのは嫌だろうから、人付き合いはお互いのために控えたい。

なお、ツバキからの返事はすぐ来た。私と違い、市のダンジョンにほぼ日参しとるのでいつも返事は早いのだ。

ちなみに返事の内容は省略すると「お試し日当いくらで」。

条件もそうだが人同士のこと、合う合わないがあるだろうし妥当だろうか……？　お試しとはいえ、よく姿を映さないの通ったな？

配信参加の日数が少ないことの方は、ツバキたちのレンとユキを含まない元からの攻略の頻度を考え合わせると、幼馴染だけで遊ぶ時間がなくなるだろうから、通るだろうとは思っていたが。

で、装備品の方だが私が面会を申し込む前に、アイラさんから出来上がったという知らせが届いた。なので、またオヤツの時間にお邪魔中。

手土産の生産に使いそうな素材を渡し、装備品を受け取ったところ。普段素材は購入者指定でギルドのブースを通している。手数料は取られるが、書類――は藤田さんに大部分を用意してもらっているが、税金やらが楽なのである。

鷹見さんにはお世話になっているし、ギルドが儲《もう》けるのもよしとする。

「スーツゥー……」

相変わらず頬を染めて物陰からこっちを窺《うかが》うツツジさん。今は天井から下がる色とりどりの布の間からだ。

今回は外が暑い季節のせいか、爽やかライトグレーの三揃い。だが、三揃いにロングコートの時点で季節感はない。

靴はカジュアルにモンクストラップだそうだ。靴紐がなく、ベルトとバックルがついてる革靴。

そしてガンベルト。入れるのはカードだが、ステルスホルスターという肩に掛けるやつだ。

スーツ大好きツツジさんの妥協点というか、むしろ性癖追加みたいな何かだ。

「いい……すごくいい……上着を脱いだベスト姿いい……。ああ……脇のガンベルト、ワイシャツ、黒手袋……背中、背中も見たい」

「……」

いったん『変転具』に取り込んで装備したあと、確認のためコートと上着を脱いだらこうである。なんか興奮しすぎてそのうち頭から蒸気が上がりそうな様子だ。スルーするが。

さっさと上着とコートを着る。

「あぁっ……。でもロングコートの裾も好き……」

通常でダメな感じである。

「では代金は2、3日中に振り込む」

これから支払いの手続きをするつもりでいるが、一応余裕を持たせる。

ガンベルトはともかく、色以外のデザインについてはどう変わったのかよく分からんが、ツツジさん的にはスーツも着ていたものとだいぶ違うらしい。

そして、装備としての能力はだいぶ跳ね上がったことは私にも分かる。付与も2人の顔見知りの職人に掛け合ってくれ、いくつかついている。

「ありがとう」

アイラさんも横目でツツジさんを見ながらもスルー。

「層を進めて、また新しい素材が出たら優先的によろしくね。もちろん代金は払うわよ」

バチコンとアイラさんのウィンクが飛んできた。

「私もまた修繕か、作るかはしてもらうことになると思うしな」

避ける方向ではいるが、『運命の選択』で得た装備《コート》と違い、生産装備はどうしても傷《いた》む。

「そういえば、素材の他にこれも。あとで食べてくれ」

この辺りでは珍しいかと思い、バナナを持って来た。

「バナナ……」

今度はアイラさんがバナナを前に顔を上気させ固まっている。

バナナはお好きか？

「お高いやつです……」

アイラさんの隣に寄って来たツツジさんが声を漏らす。

「そんなに？」

なんというか、塩辛いものというか酒に合う飯が好きなので、正直他の食材に比べ果物にそう興味がない。――果物はどちらかといえば外の旬《しゅん》のモノを食べる派だ。

一応調べたが1本2万から5万円くらいなような？　金額の差はドロップする階層による。

四国や九州の方のダンジョンでしかドロップしないため、送料を入れると倍にはなる。――確かに高いが、アイラさんもツツジさんも稼いでいるので、そこまで驚くほどではない気も。

ドロップする場所が限られ、やたら高いものは食材に限らずある。今現在、テーブルに出されている紅茶も高い部類だろうし。

というか、先日差し入れた生ハム原木の方が断然高い。だがリアクションは今回のバナナの方が上である。なぜだ。

「祖母が」

バナナを見つめたままアイラさんが口を開く。

「祖母が？」

「祖母が、バナナを懐かしんで食べたいと言うのよ」

「うん？」

買えばいいのでは？　稼いでいるよな？　私の認識違いで、実は素材に全てを注ぎ込んで赤字すれすれ商売しとるのか？

「毎日、朝食に」

「毎日」

それは毎日朝食の時に「バナナが食いたい」と言うのではなく、バナナを朝食として毎日食べたいと？

「無茶では？」

どんな富豪だ。

現在私は食う気になれば毎日食えるが。飯に関しては富豪並みである。

「ダンジョン以前は、バナナは安価で栄養価も高くて毎日食べる人もいたようなのよ、うちの祖母みたいに。昔を懐かしんでるのね」

「70以上の年代の人は、若い時に食べ慣れたものを欲しがるよね。特にコーヒーとか」

ツツジさんもスーツではなく今はバナナを見ている。

いや、私が動くとガン見されるので、スーツも見ている。

「確かに年配者への贈答によく使われるという話は聞くが、毎日となるとドロップするダンジョン辺りに引っ越す案件では？」

「しかも祖母が住んでいるのはもっと北の方なのよ」

ほう、とため息をつくアイラさん。

一緒に住んでいるのかと思ったがそうではないらしい。そしてため息からすると、祖母は引っ越しはしない、と。1つの食材より、他の多くの食材や生活してきた場所だろうな、とは思う。私も住む場所として、酒が出るダンジョンのそばは候補に挙げたが選ばなかった。

アイラさんはバナナの出るダンジョンでしばらく生産して、バナナのカードを買い溜めていたらしい。【収納】持ちに依頼して、生産道具共々引っ越して来たとのこと。

アイラさんの祖母はバナナを強制しているわけではなく、ただ懐かしんでいるだけ。そして輸送費などに疎いだけのようだ。

バナナを買って送るのは、アイラさんの家から出た負い目のようだ。

「買い足したいならバナナ産出地の現地価格で譲るが？」

送料分だいぶ安いはず。

「お願い」

そういうことにまとまった。手間のかからない恩はとりあえず売っておく。


バナナのカードを定期的にまとめ売りすることを約束し、市のダンジョンをあとにする――前に買い物。

減っている薬と弾丸用の素材、自宅用とダンジョンの弁当用の食材。ダンジョンの1部屋目用の料理道具。外のホームセンターで、追加のカード整理用の箱、ブロッコリーとキャベツの苗を2つずつ。

ニンジンの種はもう蒔《ま》いたが、出た芽は果たしてニンジンだろうか。不安なまま見守っている。

培養土2袋と肥料、消毒薬。無農薬は無理です、虫が無理です。育つ前に少し使うくらいは許容範囲です。アブラムシにも絶滅してほしい。

豆腐屋に寄って、油揚げを購入。分かってはいたが、豆腐は売り切れ。

家に戻って苗を植え、いくつか野菜を収穫する。新しい装備を手に入れたので、今日から――は、もう夕方なので明日の朝からダンジョンの新しい層に進む予定だ。

薬類の納品やら作り置きは昼間に済ませた。飯を食ったら少し弾丸を作って、早寝をしよう。弁当の用意もしておかねば。

◆◇◆◇◆

機嫌良く夜を過ごした翌朝。

日課の散歩を済ませ、朝飯。昨日は飲んでいないので、体を動かしたあとだし普通に食う。冷蔵庫を開き、保存袋を取り出す。作ってもらった西京漬けの中からサワラを選ぶ。

ご飯と味噌汁、サワラ、チーズ入りのサラダ、漬物。味噌汁は油揚げと蕪《かぶ》。

「……」

いかん。

西京漬け、漬かりすぎた。

味が濃くて美味いというか、断然酒だろうこれ。朝飯はもっと薄味で頼む。

朝っぱらから酒を飲みたくなりながら、白飯で食う。一膳分、一膳分しか炊いてない。

思わぬ罠にはまりかけたが、誘惑を退けダンジョンである。楔を打ち込んだ60層のボス後、

61層から。

鯛、ミツバ、ハム。さっさと下に行きたいので、階段を探す。

次のスライムは、オオカミっぽい何か。また模倣型かと思いつつ、【天地合一】を使う。上に戻るのが面倒なので、なるべくダンジョンに長くいたいのだが、使いこなせるようにならねば。幸い、気力の消費は多くない。

核の場所が分かれば、スライムを倒すことはそう難しくない。核の場所を探るための【天地合一】は、強化してだいぶ使い勝手が良くなった。魔物に触れていないと分からなかったものが、20センチ離れていても分かるように！

たかが20センチと言うなかれ。スライムは、衝撃を与えると核が内部で移動するパターンが多いのだ。深い層の魔物ならば尚更。

まあ、姿を模倣しとるスライムは、最初は模倣した魔物の弱点の位置に核があることが多いようだが。オオカミだとやはり心臓の位置かな？

硬化するスライムもいるが、【苦無】の貫通属性はこれでもかと強化している。リトルコアのようなデカブツであれば別だが、このサイズの魔物ならばよほどでない限り貫通できる。

先々のために日本刀の修練もしなくてはいけないのだが、今は先に進みたいのである。

ドロップは『炭酸水』『重曹』『クエン酸』、『軟水』『中軟水』『硬水』、『塩酸』『硫酸』『硝酸』。

――料理素材！　と思っていたら3匹目のドロップが混ぜるな危険だった。

これはもう水のために次回からは殲滅コースだなと思いつつ、倒してゆく。80層まで進め、60層から80層を何度か繰り返し、その後100層まで進むつもりでいる。

このあたりの階層からリトルコアの強さが段違いになるので、使えそうな魔物の能力を奪って溜めておきたい。

63層。

『山口の地酒・1』『三重の地酒・2』『福井の地酒・1』。

おい。過去の私、なんで61層で止めた⁉

ただの日本酒じゃなくて産地指定なのか！　なんだ後ろの数字は、絶対数字で種類が違うだろう⁉

酒の出るダンジョンはあるが、『大吟醸』とか『芋焼酎』などとざっくりした分類のものが出ることがほとんど。その土地で造られていた酒が出るダンジョンもあるにはあるが――少ない。

これ、進めば日本各地の地酒が出るのか？　まずはさっき地酒を落とした小鬼を倒さねば。

気合を入れて魔物を倒す。

幻覚を見せる靄《もや》を吐く貝のような魔物がいる中、魔法を放ってくる小鬼のような魔物と戦闘。放ってくる魔法が違うので、小鬼は数種類いるようだ。

『カンパチ』、『クロミルガイ』、謎の『プレ・サレ』。違う、そうじゃない。

普段ならカンパチもクロミルガイも嬉しいが、今はそうじゃない。主に酒を落とす小鬼を倒したいのだが、見分けがつかん……っ！

まさか酒を落とす小鬼、レア魔物とか言わないよな？　黒猫、信じてるぞ！

黒猫への不信と信頼の間で揺れ動きながら、63層をくまなく回る。

他と比べてやや少ないながら、酒を落とす魔物はちゃんと出た。黒猫、信じてたぞ。

胃も肝臓も丈夫だし、休肝日も週に2日はとっている。鯨飲《げいいん》したとしても、流石に1人で飲む量ではないのだが、欲しいものは欲しいのである。

ダンジョン内1泊のつもりで来たのに、既に帰りたくなってる。カンパチとクロミルガイの刺身で呑みたい。

普段世話になっている鷹見さんに1枚進呈して、あとは『翠』に何枚か渡してボトルキープをだな？　天ぷら屋と蕎麦屋に回す分も十分ある。

浮かれつつも初志貫徹ということで、ダンジョンを進む。もしかしたら他の地酒も出るかもしれん。

64層のスライムはどうでもいい。

いや、『北陸のナイロン』『北陸のポリエステル』『北陸の長繊維《フィラメント》』『北荘の紬《つむぎ》』『加賀の絹』『富山の麻』『富山の綿』とか、アイラさん向けの布が落ちたので喜ばしい。

うん、だが次だ。

65層。『ボタンエビ』をはじめとしてエビ類、『ランクフルター』とか『ボックヴルスト』とか書いてある絵から判断するにソーセージ類、『坊ちゃんカボチャ』『バターナッツ』……カボチャ類。

おのれ……っ。

って、5のつく層はリトルコアがいるのだった。カチカチと音が響いている、倒してきた魔物の中にそんな音を立てるモノはいなかったので、リトルコア決定である。

音の方に向かい、そっと通路を進む。近くなったところで【隠形《おんぎょう》】を使い、身を隠す。

――隠れてるか？　一応強化をして姿を消すという効果を取得するところまでは行った。だがいかんせん、自身は見えるのでよく分からんのが正直なところ。しかも気配に敏感な魔物には効かない。

さらに強化を続ければ別なのだろうが、他に優先して強化したい能力があってだな。いくら『強化』のカードが出やすくとも、全く足らん。

リトルコアは蟻《あり》だった。ほぼ巨大な蟻だが、顔は人間と蟻を合わせたような姿をしており、輪郭は人の形、そこに赤い複眼と大きな蟻の口。カチカチ音を立てているのは蟻の牙だ。

通路に出るリトルコアは、大きなモノもいるが、10層ごとに出るリトルコアと比べて小型のものが多い。代わりに素早かったり攻撃が通らない硬さを持っていたりする。

今目にしているリトルコアも、黒光りする外殻を持っており見るからに硬そうだ。このパターンだと、斬撃《ざんげき》に強く、モノによっては魔法も弾く。有効なのは外殻を超えて中にダメージを与えることができる打撃か。

強化した苦無は外殻を抜けられるだろうが、一応保険で口の中を狙うことにする。柔らかな口の中、喉を狙うのは鎧《よろい》をまとったような硬い敵相手のお約束だ。

蟻は敵だ。直接植物を食べたり吸ったりはしないので、野菜や果物にとっての害虫ではないが、収穫した野菜、特に果物の隙間に入り込んでいて不快なのだ。蟻は個人的に害虫である。

蟻に近づきながら、【隠形】を解く。蟻にとってはいきなりそばに現れた敵、もしくは餌。なんとも言えない不快な音を出し、牙を剥く。

開かれた愉快とは言えない造形の口に、苦無を1本投げる。がちりと噛み合う前に、口腔に滑り込む苦無。

思ったより素早く、喉を通過して内臓に達する前に蟻が身を起こしたせいで、失敗。喉の途中から背後に苦無が抜ける。

これ、貫通力が低ければ角度が変わっても外殻を抜けられず、中の柔らかいところを進んだんだろうな。まあだが、この蟻の外殻も簡単に破ることができるのは分かった。

怒った蟻の吐き散らす蟻酸《ぎさん》を避けながら、苦無を手元に戻す。

虫系の魔物は頭を潰しても動くことがあり、ここを潰せば一発！　みたいな弱点を持つことが少ない。私にとっては面倒な相手ではある。

面倒なだけで、倒せないわけではないが。苦無、外殻破れるしな。

というわけで、少し手間がかかったが駆除完了。まあなんだ、細いところを破壊したりしたせいで、絵面的になかなかひどい勝ち方だったが。

ドロップは『蟻酸』『白顔蟻の硬い外殻』――白かったのか――やら何やら。食材的には『メイプルシロップ』や各種砂糖。53層で砂糖類は出ているので、新しいのは『メイプルシロップ』だ。

さて、休憩。

この層の魔物は殲滅していないが、この通路の魔物は倒している。壁を背に、魔物が移動してくるかもしれない通路を視界におさめ、立ったままお茶を飲む。

ダンジョン内で泊まるような攻略はもうするつもりはなかったのだが、完全に黒猫に踊らされている。自分の欲望が叶えられているので、文句はないが。

自給自足の農作業は全くスローではなかったが、畑に挫折したあともダンジョン攻略ではなく、回復薬の生産を選んだのだが。

スローライフ、本当にどこいった。

私怨混じりで蟻のリトルコアを倒したあと、66層はスライム。

出したのは紙。『本美濃紙』『石州半紙』『細川紙』『越前和紙』『中性紙』『新聞紙』に酒のように番号が入っているもの。『新聞紙』はなんだ？　また語呂《ごろ》合わせか？

番号は紙の大きさか使用用途か――まあいい。本の形ならともかく、紙に興味はない。いや、紙はテンコに売りつければいいのか。

『加賀の絹』や『北陸のナイロン』とかにも番号はあった。これもアイラさんに丸投げ予定だったので気にしてなかったが。

地酒といい、和紙や布といい、種類が多いものをまとめにかかってるな？　まあ、特に不都合はないのでいいんだが。ドロップの仕方がおかしいのは今更だし。

67層。カワハギ類、サツマイモ類。『モッツァレラ』『カマンベール』が出てるのと絵柄でおそらくチーズ類、『ポン・レヴェック』とか名前を書かれても分からんわ。

カワハギを肝醤油、63層で出た日本酒でこう……。【開封】して飲んでみないと、辛口なのか甘口なのかどんな味がするか分からないのがつらいところ。いや、瓶にラベルがついてたりして。

一升瓶《いっしょう》かな？　四合瓶《よんごう》かな？　一升瓶だと飲み切るのは大変そうだ。好みの味の日本酒を見つけるまで先が遠くなる。

一升瓶の時は『翠』に持ち込んで、少しずつ飲み比べをさせてもらおう。関前さんだって、客に出すのに酒の味が分からんことにはどうしようもないだろう。うん、鷹見さんも誘おう。

68層、スライム。

酒にテンションが上がって、うっかり魔物からスキルを奪取するのを忘れ、さっさと殲滅していたことに気付く。冷静になれ、私。

反省して武器を日本刀に替え、スライムのスキルを誘発しながら戦う。ここのスライムはトカゲの姿。

火を吹くトカゲ、酸を吐くトカゲ、雷をまとうトカゲ、尻尾がしなり物理もいける、そして素早い。スライムの能力なのか、移動した痕に足止めの粘液。

赤黒いがそれぞれスキルを放つ寸前、喉が膨らみ伸びて薄くなった皮から火の色や雷の色が透ける。

スキルを奪いやすいし、いいことだ。速さは私の方が速いので、特に問題にならない。100層以前で速さで負けることはないだろうが、偶数層ごとにスライムがいるので油断はできない。

こいつら相手を遅くする能力とか、捕獲系の能力を持っている確率が高い。今相手にしているスライムの、足止めの粘液くらいならばどうとでもなるが、広範囲に影響する能力もあるからな。

ドロップは『金の銃弾』『銀の銃弾』『鉄の銃弾』！　えらいぞ、スライム。矢とダガーも出てるが、そっちはどうでもいい。鉄は物理攻撃力が強く、銀は幽霊系の物理が効かない敵に強く、金は必中効果がある。

……『金のダガー』と『銀のダガー』はストックしとくか。

あとは銃弾をイレイサーの箱に突っ込めば、しばらく弾丸作りから解放されるはず。68層のドロップだし、それなりに強いと思う。今イレイサーがどこをほっつき歩いているのか知らんが、少なくとも私が作った弾丸より平均的な効果は上だ。

あれか。

私の【生産】がもともと微妙なことを知ってる黒猫の配慮かこれ？　ダンジョンでは時々こ

のように素材ではない消耗品の現物が落ちることはある、あるんだが。

まあいい。進もう。

69層はカサゴ類、『数の子』を含むニシン類。『百合根』『蓮根《れんこん》』『ジュンサイ』『クワイ』、そして再びの牛丸ごとドロップ。

『アンガス』とか『バザス』とか、名前からしても海外の牛だ。

『カサゴ』は煮付けがいいか、唐揚げがいいか。【開封】して大きさ次第だな。

そんなことを考えながら、ボス前の休憩。茶と弁当を取り出す。漬物、金平牛蒡、唐揚げ、白身魚のフライ、味付き煮卵。ご飯は海苔とおかか醤油。

鰹節と海苔が制限なく使えるようになったので、のり弁である。海苔は食いやすいように切れ込みを入れた。

ご飯の蒸気を吸ってぺったりした海苔、おかか醤油を吸ったご飯。海苔とおかかの層を増やしてもよかったか？　いや、おかずが揚げ物だしこれくらいがちょうどいいか。

ニンニクをきかせた唐揚げはやや固め、代わりに皮がぱりっとしているのでいいとする。ふわっとした白身魚のフライにはたっぷりのタルタルソース。

キュウリの漬物とお茶を挟みつつ、揚げ物とご飯を綺麗に完食。ごちそうさまでした。

目標80層だったが、70層のリトルコアをやったら戻ろう。酒が出たんだし、よく考えたら急ぐ意味がない。

微妙に自分で自分を急《せ》かしていたことに気付いた。張り切って進むのは日本酒を飲んで、次の酒が飲みたくなってからでいい。

あとはだらだらいこう、だらだら。

そういうわけで急ぐことはないので、リトルコアへの扉を前に寝椅子を出して仮眠。

仮眠から起きる。

伸びをして食事。ダンジョン内では顔も洗わず、着替えもしない。そういう余裕や装備はない――こともない、私は【収納】持ちなので。まあだが、よほど長逗留《ながとうりゅう》する予定でもない限り、用意していない。

鮭おにぎり、ホタテの炊き込みご飯のおにぎり、卵焼き、ウィンナー、ロメインレタスをちぎって、ラディッシュの輪切りとクリームチーズを混ぜたサラダで、野菜を摂ったと主張しておく。

心持ち薄めの塩加減のふんわり握ったおにぎりは、具の塩鮭と混じっていい具合。炊き込みご飯は、貝柱をほぐし入れたところに小さなホタテをいくつか投入、舞茸少々――隠し味というほどでもないが、最後に落とした少量のバターがいい仕事をしている。

茶を飲んで食事を終え、リトルコアの部屋に入る。

「オーガか」

中にいたのは巨大なスライムのオーガ。いや、胸らしきものと腰のくびれがあるからオーグリスか。額にツノが2本、厚い唇から突き出た牙。

なめし革のような皮膚や肌の色は、赤黒いスライムなんで確認できないが、形状的に間違いないだろう。日本式の鬼とは少し違う。

2階の屋根を越しそうな巨体が斧《おの》を振りかぶって迫ってくる。迫力ある巨体だが、踏み込む足音はつきたての餅を叩きつけるような音。ぴたんぴったん。

ついた足と、踏み込みの衝撃に飛び散ったスライムの体の一部が触れた場所が溶けている。白煙が上がっているのでおそらくだが。

相手の図体が大きくなってもやることは変わらん。近づいて【天地合一】で核の場所を探り――心臓か頭な気もするが――、そこに届く攻撃を行う。

本物のこのサイズのオーグリスであるのならば、足首の腱を斬り動きを止め、膝を斬り上半身を下げる。が、スライムは斬ってもすぐに戻るし、あまり意味がない。喉も意味がないだろう。

日本刀は強化してだいぶ使えるようになってきたが、つい以前使っていたモノの気で扱ってやらかす。同じ日本刀なのに、癖がなさすぎて落ち着かない気分になる。

振り下ろされた斧と、衝撃でスライムの腕から飛び散るかけらを避け、その斧を足掛かりに腕を登る。岩盤のような床を割り食い込んだ斧、柄を持つ伸びた腕、屈んだ姿勢。

立ち上がる前に肩にたどり着き、オーグリスの背に日本刀を差し込む。でかいが胸板はそう厚くない。

狙うは心臓の位置。心臓よりもはるかに小さい核。

うん。【天地合一】と【正確】はスライムと相性がいい。分かりやすい弱点持ちは楽だ。

ドロップは68層で出た銃弾と、64層の布が中心。68層、楽ができると思って隈なく回ってしまったのだが。……まあ、リトルコアの方が断然楽だし嬉しい。

銀のダガーは幽霊系が出た時のために、金の必中は特殊効果で攻撃をすり抜けたりする相手用に保存。鉄、銀、金と名付けられているが、もちろん外の世界と同じものではないので、そのまま持ち出すと消える。

だいたい20ずつ『ブランクカード』に詰めて売られている。県内に幽霊系が出るダンジョンは確認されていないので、銀はこの辺では値が安い。金は投げつければ必ず当たるので、生産者、回復や魔法職に人気。

ちなみに金は矢も弾丸も投げれば当たる。ただ、与えられるダメージが微妙なだけで。弱点に当たるとも言ってない。ダガーを投げても、下手くそならば刃物の腹がべしっと当たるなんてこともある。

その点、物理ダメージが大きくなる鉄ならば、当たれば大きさに比べて理不尽なダメージが与えられる。まあ、近接職が剣やら拳やらで与えるダメージほどではないが。

とりあえず矢は売り払い、弾は定期的にイレイサーの箱に突っ込もう。ダガーは【収納】に99で1枠使うので、その数ストックしとこう。

どうせこのダンジョンでしか使わないし、ダガーの残りは箱にでも入れて保管しとくか。カードの数字が786本とかだしな。

布はどうだろう？　340から863と幅広い数字なんだが、布がどれくらい嵩張《かさば》るものか想像がつかない。アイラさんのスペースで足りるのか、会議室なのか、『開封ダンジョン』行きなのか。

……アイラさんにカードのまま丸投げしよう。

楔を打ち込んで、来た道を戻る。時々通路に移動して来た魔物を倒し、上を目指す。黒猫を呼び出して、このダンジョンの1部屋目に移動もありだが、呼び出し権利はもっと深い層で使いたい。

どうやら酒の出るダンジョンに行かずとも、このダンジョンで出るし、深層から戻るために使ってもいいかな、と。

1層に戻れるアイテム、『帰還の翼』が大量に出てくれれば悩まずに済むのだが。戻ったら酒が飲めるのである。走るような早足になるのは仕方がない。


上機嫌で戻った1部屋目で、カードの整理。

顔がニヤつくのは仕方がない、誰も見ておらんのだから良しとする。

アイラさん行き、ツツジさん行き——は少ないな。本来、部位単位で落ちるはずが丸ごと出ているせいで、皮の類の出が悪い。いや、丸ごとなので出てはいるのだが、ダンジョン内での生産素材に向いていないというか。

イレイサーも布系の服なので、そのせいかもしれんが。薬と弾丸以外イレイサーに言われていないのでスルーしているが、黒猫には装備を直すことも提示されていたはずだ。

布系はテンコも扱えるから、私に依頼が回ってこないのだろう。正しい判断である。

イレイサーへのアイテム受け渡しの箱に弾丸系のカードを突っ込む。

「……」

少々考えて『加賀の絹』『丹後ちりめん』、和紙系のカードを1枚ずつ詰める。

そのうち付与を頼んでみるつもりでいるので、イレイサーを経由したテンコへの様子見カードともいう。

ダガーのカードはとりあえず道中で出たカードを【開封】して、99本を【収納】する。【収納】が圧迫されるが、私はソロなので攻撃手段はいろいろあった方がいい。安全第一である。

リトルコアから出たものは、とりあえずカードのまま1部屋目の棚にストック。少しだけ出た半貴石と貴石は、これもカードのまま。

少しまともな宝石も混じるようになったが……。面倒なので弾丸の素材にするか？　ものによってはコレクターに高く売れるのだが、相場を調べるのが面倒臭い。いっそ全部オークションに登録するか。

食材のカードは種類別、数字順に。今日の酒の肴《さかな》は、カサゴの他、カワハギの刺身とクルマエビの塩焼きにしようか。

酒のカードは1枚はこれから呑むために【開封】するとして、『翠』に持ってゆくのは全種類、数字は1か2の物を選ぶ。呑み比べて、鷹見さんが気に入った物を鷹見さんに贈ろう。

種類が多いので、店に置いてもらって呑みに行く方が良さそうだが。家で全種類開けると流石にいつ空にできるか分からん。

ドロップした魚類と使えそうな野菜を選び、『翠』に行く準備は万端。

その前に鷹見さんの予定を聞いて、『翠』の方にも問い合わせねばならんのだが。流石に客のいる時間帯に日本酒を開けまくるというわけにもいかん。

さて、今から呑む酒はどれがいいか。数字が1のものを抜き出し、裏返してアイテム名が見えないようにして、1枚選ぶ。


『福井の地酒・1』。


【開封】すると、出てきたのは黒い瓶。ラベルはなし。少しひんやりしている瓶を一旦【収納】し、カード整理を続ける。呑むのが楽しみだ。

カードの整理を終え、少々迷う。

風呂と予定を確認するメールをどのタイミングで済ますか。早く呑みたいのだが、呑んでからは絶対面倒になる。やることはやってしまおう。

ダンジョンから出て、メールを2通。私からの誘いではあるが、私の予定はどうとでもなるので、忙しい鷹見さんと『翠』で予定を決めてもらう内容。もちろん日本酒が出たことも申し添える。

シャワーだけ済ませて、再びダンジョンへ。

『カサゴ』の【開封】、小さい。

よし、唐揚げ！　下処理をし、バットに載せる。カワハギの薄造りはダンジョンで終わらせ、生ゴミは所定の行き止まりの通路に捨てに行く。

臭わないゴミ処理素晴らしい！

家の台所で油を用意して『カサゴ』を唐揚げにしつつ、塩を振ったクルマエビを焼く。それぞれ皿に盛り付け、カサゴの唐揚げとクルマエビにはレモンを添える。

準備万端、いざ封切り。爽やかな香り、少し梅の香に似た甘さも。そっと器に注ぎ、もう一度香りをかいで一口。雑味がなくどこまでもクリア、ドライ。

カワハギの薄造りには肝醤油、紅葉おろしと小口ネギの薬味も。淡白なカワハギの身に濃厚な肝、気分で紅葉おろしとネギの量を変え、口に運ぶ。

手乗りサイズのカサゴの唐揚げは、腹を開き、背に中骨に届くまで切れ込みを入れてある。2度揚げで骨までサクサク。白い身はふんわりやわらかく、厳《いか》ついカサゴの顔とは反対の味。

焼いたクルマエビは匂いが香ばしく、これもまた美味い。

そして合間に呑む酒が美味い。だいぶ幸せなんだがどうしたらいい？　うん、とりあえず酒用の冷蔵庫だな。注文しよう。

ダンジョンをもう少し進む気だったので、現在真昼間だ。太陽が燦々とそそぐ中、昼酒の背徳感。

鷹見さん、返事が早い。

『翠』の関前さんと急ぎ日程を調整するという内容なので、予定が決まったわけではない。たぶん、次の店休日になるのではないかと思うが。

鷹見さんの美味いものを食いたいという欲求は私と張る。自分が食えれば満足な私と違って、多くが食を楽しめる環境をつくっているのが違うところ。私も美味い店が増えて大層嬉しい。

いい気分でだらだらし、パニックルームに降りて古い映画を見る。何度か見ているので、ほろ酔いで見るのにちょうどいい。

早めに眠り、早めに起きる。4時前、シャッターを開けると外は薄暗く、夜明け前。夏とはいえ、さすがに日の出には早い。

シャワーを浴びて、朝食にビスケットと牛乳。前日酒を飲んだ朝はだいたいこれ。食べながらメールを見ると、鷹見さんから。

やはり集まるのは次の店休日だった。鷹見さんも関前さんも話が早い。了承の返事をして、別のアドレスを確認。こっちはイレイサーと例の配信用なのだが、スズカから。

今日の予定の確認。

日本酒のドロップに浮かれていて、完全に忘れていたが配信の撮影日だった。こっちも了承を返して終了。回復薬の類には余裕があるので、慌てて用意する必要はない。

空が白んできたところで沢登り。明るい時に登るのは慣れてきたな。夜にも定期的に登るか――いや、鍛錬《たんれん》ではなくてダイエットだった。過度な負荷は必要ない。

『化身』に生身の体力や筋力はほぼ関係ないが、とっさの判断や動きには影響する。当人の癖のようなものだからな。佐々木家の道場のように、武術や武器の扱い方を教える場所は多い。だが、『化身』はレベルアップの能力上昇の影響が大きいので、基礎を習う程度にとどめ、あとは実戦でレベルアップを目指すタイプが大多数だ。

家に戻って、菜園と庭の手入れ。最近、庭の草がマシになった気がする。一番草木が伸びる季節が過ぎたからかもしれんが。

時間まで家事をこなし、市のダンジョンへ。

「いらっしゃい！」

「こんにちは」

ダンジョンの1部屋目の一角、双子に出迎えられる。

双子の後ろにはツバキとカズマ、スズカ。

「よろしく頼むよ」

「よろしく」

「よろし……くっ……お願いします」

ちなみに手袋着用である。スズカが衝撃を受けているようだが、気のせいだ。

「よろしく。本当に回復しかせんぞ」

「ああ、配信的に物珍しければいいので、それで頼む。スズカも君の手しか映さない」

ツバキが答える。

「素手……素手じゃない……。でも手袋もいい……でもその隠された手を見たい。手袋を剥ぎたい……」

スズカがダメな感じであるが、スルーする。双子が視線を逸らして少し挙動不審に、カズマが半眼になって口を引き結んでいる。奇行に慣れているのか、ツバキは全く動じておらず、口元に薄い笑みをはいている。

「さて、では行こうか。リトルコアからだな」

「ああ」

歩き始めたツバキに答えて、私もダンジョンの通路へと進む。

「10層のリトルコアだよね？　緑のスライム」

レンが誰にともなく聞く。

「ああ、レンとユキは2回目か。先に進んじまったからな」

「リトルコアの前の層って、混んでるか魔物が倒されちゃって出ないかなんだもん」

カズマとレンの会話。

「もう少し浅い層で戦闘に慣れたかったのですが……」

困ったような顔でユキ。

どうやらレンとユキは少し無理をして、11層以降で鍛えているようだ。カズマとツバキ、どちらかがついていればそれも可能だろう。

ここの10層のリトルコアもスライム。浅い層に出る魔物としては珍しくない。そしてウサギやゴブリン、虫系より戦いやすいのか、スライムから始まるダンジョンは人気だ。

10層のリトルコアからなのは、私がこのダンジョンでリトルコアをやっていないからである。リトルコアの部屋ならば、他の冒険者が映り込む心配もないのでそれも理由なのだが。

「ですが、既に倒されている確率の方が高いかと」

「そうだな」

スズカの話にツバキが答える。

リトルコアがいてもいなくてもどちらでもいいような反応。

10層のリトルコアはツバキやカズマほど強くなくとも、全員生産職とか、よほどの準備不足でもない限りパーティーならば越えられる。チャレンジする者は多い。

なので、1層から10層まで、最短距離で移動すると魔物に当たることは稀。今回もおそらく先行しているパーティーがいる、おかげで魔物を見ない。10層までの地図はギルドで販売しているので、同じ道をたどることになるのだ。

「これ、倒されちまってるな」

カズマがぼやく。

10層リトルコア、留守。

「予測通りではあるな」

ツバキが言いながら先に進む。

倒さず先に進むと、帰りにリトルコアが復活して戦うハメになることがあるが、まあそのハメに陥っても別にどうということはない。ツバキとカズマが働くだろう。

リトルコアが既に倒されている場合は、事前の打ち合わせで先に進むことになっている。

11層に出る魔物はスライムと牙持ちのミニ豚だったかな？　ああ、通路の先で半透明の青色がふるりと震えている。ごくごく一般的なスライムなのに、色付きは珍しいと思ってしまう。完全に自宅ダンジョンの弊害《へいがい》である。

「やった！　敵発見！」

そう言って突っ込んでいくレン。

飛び道具の意味とは？　その両手に握っている銃はなんだ？　グリップで殴るつもりか？

「レン！　突っ込む癖、本当なんとかしろ！」

慌ててレンの狙った魔物とは別の魔物との間に体をねじ入れ、一撃で斬り捨てるカズマ。

そこはレンに向かっていく魔物を普通に斬った方が早かった気がするのだが、わざわざ回り込んで盾になるのはなぜだ、草取りマスター。

ホームのダンジョンなのだから、11層《ここ》の魔物が一撃なのは自分で知ってるだろう？　レンに魔物が届くことなく倒せるだろうに。

「ごめんなさい！」

いい笑顔で魔物に弾を叩き込むレン。

1匹目に入れたら他は目に入らないのか？　あんなにでかいものなのになぜだ。あと、そこまで近づいたらいっそ殴ってもらった方がスッキリするのだが。

隊列は当初はカズマに続きレン、ユキ、ツバキ、そしてスズカ。私が最後尾だったのだが、今はレンに続きカズマ、取り残された4人という風情《ふぜい》。

「見た目だけなら儚げ可憐な少女ですのに……」

斜め前のスズカが、レンにカメラを向けながら言う。

……。

ラベンダー色のゆるく波打つ髪、持つ者の視界が阻害されそうな胸、柔らかく体のラインに沿って流れる白いローブ。

黙って立っていれば庇護《ひご》欲を掻き立てること旺盛、レンのその容姿で自分でも優位に立てそうと判断する者だかが釣れそうではある。

「集まる前にも注意はしたんですが、すみません」

ユキが困った顔で謝る。

「ユキのせいではない」

ツバキが薄く笑みを浮かべ言う。

刀も抜かず、ただ姿勢良く佇《たたず》む。11層程度ではカズマ1人で事足りる。

戦闘スキルに恵まれてもリトルコアとの対峙《たいじ》に尻込むか、レベルアップでの運がどうしようもなく悪ければ20層が壁。10層のリトルコアはそう大きくないが、20層のリトルコアは人間より大きいことが多いので、萎縮《いしゅく》してしまうようだ。

次の壁は30層。魔物が使ってくるスキルに対応できるようなら、さらに先に進める。

ツバキたちは何層まで到達しているんだったか。まあ、ツバキとカズマで11層程度ならばどうとでもなるということだ。

「あ、豚発見！」

「あーっ！　だから行くな!!」

カズマが大変そうだ。

「レンは訳あってダンジョンに入れぬ日々を送り、ようやく今望む日々を送っている。レベルが上がりやすい時期でもあるね。しばらく浮かれる様子を愛でるのも悪くはない」

ツバキが2人を見ながら、レンのフォローだか事情説明だかをしている。おそらくレンと初めてダンジョン攻略を共にするのは私だけなので、私向けの言葉だろう。

放し飼い宣言に聞こえるが。

「ハーネスでもつけとけ」

「……カズマに持たせるか」

かすかに疲れを滲ませる声でツバキ。

なんでもないような顔をして実は困ってたのか。

魔物の姿はまばら、10層を越える者はそれなりにいる。特に今は10層のリトルコアが倒されているので、生産者の一部も来ているのではないだろうか。

「豚！」

「あーっ‼」

獲物が少ないせいで、動くモノを見るとずっとレンがこんな感じだ。もういっそさっさと20層に行ってしまった方がいいのではないだろうか。

「レンに今のうちに少し痛い思いをしてもらいたいのだが、カズマが張り切っているのと、レンも身体能力というか勘が鋭い」

ツバキ。

確かにレンは紙一重《かみひとえ》で躱すというか、危ないと思う寸前に躱す。そこに安心感は全くない。

「レンは昔から妙に運が良くて」

ユキが言う。

レンよりカズマの方がもらい事故しそうに見える。いっそカズマの方を止めた方が早い気がしてきた。

「この配信は何向けなんだ？」

「ツバキさんとカズマさんが出ていれば、それだけで数は稼げます」

私の疑問にスズカが答える。

答えなのか？

確かに真面目な攻略の方で既に顔が売れていて、しかも顔が整っている。

あまり表情を変えないツバキは、スレンダー美女でしかもセーラー服っぽい防具とあって、女性にも人気がある。

カズマは豪快な性格と、筋肉質で大柄な見た目とで女性にモテるし、ああ在りたいと憧れる男も多いらしい。

姉に使われている姿と、今現在の様子を見る限り、豪快なのか疑問なのだが。だが、草取りマスターの行き届いた庭の手入れスキルには感心するし、私も目指したい。

「ツバキさんの手は綺麗ですし、カズマさんの手も大きくて節が目立って男らしくて。ユキさんとレンさんの手もなかなかです。それにオオツキさんの手が加われば……っ」

手フェチ向けか！！！！！

ちなみにスズカの発言は録音されない。黒子に徹するためとかなんとか言っていたが、おそらくカットインしてくる変態主張を編集で消すのが面倒だからだな？

発言もだが、画面外でははぁはぁ荒い呼吸が聞こえてくる実況なんて嫌だ。もちろん緊迫感を演出しているわけではない。

最短で19層。誰も大した怪我をしておらんが、レンは実弾の使用を抑えているのか、気力が減っていて、カズマも無駄に気力を消耗している模様。

とりあえず気力を回復させる薬を投げる。レンに投げつける勢いが少し強かったかもしれんが、気のせいである。

できればスズカに投げつけるチャンスがないか窺っている私だ。

「さて。20層ボスに来てしまったが、レンは今度こそ突っ込んでいかないと約束できるかい?」

ツバキがレンに微笑みを向ける。

「う……。頑張る」

一瞬言葉に詰まるレン。

今か。早くから圧をかけておけばいいものを。そして頑張らないとできないことなのか……。

「……」

途方に暮れたようなレンと目が合った。

そしてそっと差し出されるリード。いや、ローブの肩から伸びている装飾の布だが。

「ユキの方がいいだろう」

手を伸ばすことなく答える。

心情的にはカズマといいたいところだが、カズマとツバキは武器持ちなので除外。刀を握りながらではリードを引くのは困難だろう。

私も苦無を持っているが、この配信で使う予定はない。『運命の選択』で私に与えられた武器《もの》を生産道具だと誤解されている予想はつくが、わざわざ否定するつもりはない。

で、ユキの武器は指輪だ。レンのリードは余裕で持てる。

「ユキも魔法を使うし？」

こてんと首を傾《かし》げ、見上げてくるレン。

「……」

目を逸らす私。

「すみません」

ユキが申し訳なさそうに言う。

謝り癖がついとるな？　どうせユキが持っていても振り切られるんじゃないか？　力の問題ではなく、気合の問題で。

「う……っ。可愛い……俺が渡されたかった……」

草取りマスターが、喜びながらがっくりきている。

器用だな。

魔法職は——いや、魔法職に限らず、遠距離職は一番先に攻撃をする。味方に攻撃を当てんようまだ味方が離れているうちに、敵に向かってゆく味方のための牽制に。

要するに開戦開幕やることがある。というか、レンも本来ならその役なんだが。

スズカはずっとカメラを操作しているし、「やること」を考えればリードを持つのは私一択だ。回復は、誰かが怪我をしたあとに仕事が回ってくる。真面目な回復役は補助も兼ねて、いろいろするのだろうがパス。

認めたくはないが、立場的に私が適任である。

「決まったところで行こうか」

ツバキが言い、リトルコアへの扉に手をかける。

私は返事をしておらんのに決定した。業務外手当を要求したい気分だ。

市のダンジョンの20層リトルコアは、確かビッグボア。牛より少し大きいくらいのイノシシが2頭、こちらに気付いていつでも走りだせるよう体勢を低くしている。

「うぐ……っ」

とりあえずリードを引く仕事は果たした。

カズマは心配そうに見るんじゃない、見る暇があるならいっそこの仕事を替われ。

「『凍《い》てつく氷柱』！」

ビッグボアが走りだす寸前、ユキが魔法を使う。

氷系か。もう一属性あるかもしれんが、攻撃系は氷がメインなのだろう。氷系は攻撃力も高いが、凍結などで敵の動きを鈍らせる効果などがあり便利だ。

ただし、気力の消費は多め。イレイサーの方ならともかく、普通の『化身《のうりょく》』では、すぐに底をつくのではないか？　私が思うより、レベルが高いならともかく。

氷柱は片方のビッグボアに当たり、ダメージを与え、足を鈍らせる。もう片方は勢いを変えぬまま、こちら——前に出ているカズマに突っ込んでくる。

諦めたのか、切り替えたのか、私にリードを握られたまま、銃を撃ち始めるレン。いや、狙え。勘で撃つな。

様子を見ているようで、ツバキとカズマは手を抜いている。さっさと仕留めてしまえばいいものを。

まあ、この配信のダンジョン攻略は、おそらくレンとユキの育成でもあるのだろう。ツバキとカズマが参戦したら、レンとユキが何かする前に20層のリトルコアはすぐ終わる。

ビッグボアは走りだし、縦横無尽である。

「もう放していいだろうか？」

リードが短いのでお互い不便だ。

「おう！　突っ込むなよ、レン！」

「はーい！」

嬉しそうにカズマの元《さいぜんせん》へ駆けていくレン。

同じく嬉しそうなカズマ。

いや、なぜ移動する？　そこはカズマを囮に安全なところから狙うんじゃないのか？

ゼロ距離とはいかないまでも、突っ込んでくるビッグボア相手にかなり近い距離で銃を使うレン。マタドールのように避けながら。

「やはり狙うより、反射で撃った方が的確なのだな……」

ツバキが何か言っている。

「どうして心臓に悪いことするのかな……」

ユキが疲れた顔で言う。

「もう諦めてはどうだ？　もうアレはああいう近接職だと思って。レンを囮に、ユキが魔法を使えばいいだろう」

レンのイレイサーとしての武器はグローブだし、ユキが開き直った方が簡単な気がする。幸いレンは、避けるのは上手いようだし。

「……」

困ったように見上げてくるユキ。

さすが双子、レンとよく似ている。

それはともかくとして、諦めたくない理由、言えないことがある、のか。言えないというな

らばイレイサー関係か。

もしかしてユキのイレイサーとしての武器は、剣や斧とか？　レンは性格的に遠距離職が無理そうだが、ユキはユキで性格的に近接職無理そうな気がするんだが。

大丈夫なのかイレイサー？

とりあえず、また魔法を使ったユキに気力の回復薬をぶつけておく。

2頭のビッグボアが縦横無尽に走る。

分かりやすくスキルを使った者目掛けて走っていってるだけなのだが、レンは実弾が惜しいのか、弾なしスキル対処のようだし、ユキは魔法だし。

いや、レンの気力消費の攻撃はわざとか？　ユキに向かわないようにするためのようだな？

そして、レンが轢《ひ》かれそうになるとカズマがスキルを使う。

ツバキのレンかユキに向かうビッグボアを狙う位置取りを無効にする所業が3人の間で行われている。強さは十分なのに連携が最悪である。むしろ、ソロか2人で来た方が戦闘が早く終わる気がする。

たたらを踏むツバキが可哀想《かわいそう》半分、コントか？　という気が半分。いつもクールにスカしてるのに。

「カオスだな」

4人とも怪我はほとんどないが、気力を無駄に減らしているので、回復薬を投げる。

「スキルもなしに正確に当てますね。その迷いのない指先、美しい……」

「……」

他の条件はクリアだったのに、手を映さないことは却下された。手袋はしているのだが、これはこれでいいらしい。

いつも苦無を投げてるので、薬を当てるくらいは楽勝だ。

ツバキはビッグボアの移動方向を予測し最小限で攻撃を叩き込もうとしているし、他の3人は基本、ビッグボアからそれぞれを庇《かば》っている。

ビッグボアを見ていれば4人がだいたいどう動くか、もしくは動かないか分かるので、当てやすい。状況はカオスだが、規則的なのだ。

——戦闘は、ツバキが一度攻撃を当てたあと、すぐに終了した。

本来ツバキとカズマがいれば倒せるリトルコアであるし、ユキの魔法とレンの攻撃も当たっていて生命を減らした状態だったので、4人の動きがなんとなく噛み合ったあとはあっという間だった。

ちなみにツバキとレンは仲がいい。

ツバキはレンをけしかけ、カズマが困って右往左往するのを眺《なが》めるのが好きなようだが、ダンジョンでの戦闘は自分も右往左往するハメになっているようだ。

「お疲れ様！　20層クリアだね！　おめでとう！」

いい笑顔のレン。

「お疲れ様でした、おめでとうございます」

ほっとした顔のユキ。

「お疲れ。怪我はないよな？　——おめでとう」

心配顔のカズマ。

ちょっとくらい怪我した方がいいぞ。特にレン。

「お疲れ様です。おめでとうございます」

スズカ。

「お疲れ。おめでとう」

ツバキ。

ん？

もしかして私が祝われているのか！

「お疲れ。ありがとう？」

そういえば配信でレンとユキは一度クリアしている。

この市のダンジョンの20層をクリアしていないのは、この中で私だけだ。まさか祝われるとは思っていなかったので、少々面食らっている。

「カードの分配をしようか。配信用に手に入れたカードは個人カードを含めて公開してもらうが、そのまま自分のものにして構わない」

浮かんでいるリトルコアのドロップカードを背にツバキが言う。

リトルコアが倒れた周囲には15枚のカードが、私の周囲に5枚のカードが浮いている。見えないが、他の5人の周りにもそれぞれ5枚のカードが浮いているはずだ。

「はーい！　私のはこれ！」

レンが嬉しそうにカードを広げて見せる。

「『青い薬草』『鉛』『銅』」

鍵と楔は口にするのを省略、5枚を開いて見せる。

自分の周囲に現れる、自分にしか見えない5枚のドロップカードは個人カードと呼ばれ、1度目の討伐では、リトルコアがいる部屋を無視できる扉の『鍵』が必ず入る。

リトルコアの討伐の証《あかし》でもあるので、『鍵』を見えるように身につけて自慢する冒険者もいる。

『覚えの楔』もドロップ率が高いので、だいたい5枚のうち2枚は確定。

少なくとも私の個人カードはそれだった、残りの3枚は特に珍しいものでもない。

リトルコアの討伐の参加人数が5人を超えると能力カードなど、レアなものの出る確率ががくっと下がる。

私やスズカを入れて6人なので、このパーティーは最初からレア狙いではない。

そういうわけで、出たものは全員無難なもの。共通で触れられる15枚のカードは6人で分けるには数が半端だが、選ばれず残った3枚は売って活動資金としてプールすることで決着がついている。

どうしても欲しい場合は、ギルドへの売値と同じ額を払って買うこと、となっている。変に融通し合うとトラブルの元になるので、はっきりしているのはいいことだ。

この市のダンジョンには、欲しいものがあまりないので実はどうでもいいのだが。肉は買えるし。

順番にカードに触れてゆき、2枚のカードをもらう。

『ビッグボアの牙』『猪の薬草』――『猪の薬草』は体力回復の効果。

同系統の『赤い薬草』よりちょっとだけ効果が高いが、私の能力的に生産素材としては使いづらい。『赤い薬草』より少しだけ高く売れるので、売り払おう。

今回『ビッグボアのコア』はカズマの手に。よかったな草取りマスター、出た中では一番高いぞ。労力に合ってるかどうかは知らんが。

「――このような感じだがどうだ？　こちらは、的確で安定した回復で助かった」

ツバキが私に顔を向けて聞いてくる。

レンたちはスズカを含めて4人で話している、私は初参加なので聞かれているのだろう。とりあえず回復役としては合格らしい。

だが、どうだと言われても困る。

「配信のジャンルはコントか？」

手フェチとどっちだ？

「……肩肘張らないダンジョンの攻略だ」

視線を逸らしてツバキ。

ものは言いようである。

配信の収録を終え、ダンジョンの1部屋目に戻る。

とてもカオスだった。そして、私が選ばれたのは、もしかして魔法での回復だと、タイミングによってはさらにカオスを呼ぶことになるからか？

薬をぶつけて回復する方法は、魔物にぶつけるようなことをしなければ、積極的に狙われることは少ない。時々より速く動くモノに飛びついてくるのもいるが。

「はぁ。手がいっぱい、編集楽しみ」

……手フェチのご指名だったな。考えすぎた。

戻る道中、レンはカズマに懇々《こんこん》と諭《さと》され、ツバキに一言二言厳しいことを言われ、ユキに頷かれていた。言葉ではなく、実戦で少し放し飼いにして痛みと共に覚えさせた方が早いと思うが。

あとたぶん、レンはグローブ主体で戦闘を考えている。イレイサーはグローブと銃、両方使えるはずだが、さっきの戦闘は近接戦《グローブ》の練習のつもりなのだろう。

説教が響かないわけである。

接近してゼロ距離射撃ではなく、銃を撃ちながら接近するか、グローブで殴ったあと距離をとる時に追撃で使うか考えろとメールして、ついでに距離によっては素手やナイフの方が早いと分かる動画でも添付しとこう。

撃つ前に無効化できるぞあれ。

私としては、レンの普通の『化身』でのダンジョン攻略がカオスでも、イレイサーの時に強ければいいのである。

ついでにカオスな方が、会話がなくて快適だ。呆《あき》れた顔をして一歩引いてればいいだけだし。コミュ障舐めるな。

なお、レンが飛び出していくことについては早く痛い目を見ろと思っている。回復薬が間に合うくらいの怪我で学習しておけばいい。あとは諦めてユキかカズマがリードを持つとか。

1部屋目に戻って解散。次回の収録日は、メールで相談予定。薬の確保があるだろうから早めに連絡する、とのこと。

揃えるのに手間がかかるというより、薬の類は時間経過と共に劣化するので、ストックしておくことが難しい。なので、普通は攻略日に合わせて薬の準備——なのだが、私は【収納】にストック可能。

収納可能な量も収納中の時間経過がないことも人に話していないし、今後も話す予定はないので、相手の思い込みをスルーしたまま放置。早めに連絡が来るのはいいことだしな。

市のダンジョンに来ているついでに薬の生産。本日減らした気力の回復薬を多めに、ついでにギルドへ追加で納品しておこう。個人ブースが快適なので、確実な契約更新のために貢献しておかんと。

……薬用の瓶が残っているので、消費したい。かといって、回復薬をあまり大量に売りに出すのも、日持ちがせんものだし価格が下がる。

兼ね合いが難しいなと思いつつ、ダンジョンを出る。外出のついでにホームセンターを覗く。オクラ、トウモロコシ、大豆、ブロッコリー。その他この季節に植えるべき苗が並んでいる。種より確実な気がして、苗を購入する私だ。あと、買ったらすぐ植えればいいので、時期を考えなくていいことが大変楽。

自宅のダンジョンでいろいろ出るようになったが、栄養面では外でできた野菜を摂ることは必須。育った立派な野菜も売っているが、自給自足にまだ未練があるのだ。

トウモロコシは背が伸びるだけあって、難易度が高そうなイメージ。大豆は少量では微妙ではなかろうか？　ブロッコリーいってみよう、ブロッコリー。

葉ネギもあるな、ネギは虫がつきにくそうだし、確か植えておけばまた来年自然に生えるくらいだと柊さんが言っていた気がする。薬味にもなるし、葉ネギも購入。

柊家からもらってきた紫蘇は元気だ、あとは茗荷《みょうが》や山椒も欲しい。いかん、欲しいものが薬味だ。

キャベツもいっておくか？　いや、柊さんが作ってるので、おそらくまたいただく。オクラにしとくか。野菜は少しずついろいろなものを育てる方向で。

そういうわけで苗を買ったんだが。

買ったからには、時間のかかる寄り道ができないので、外食して帰れないという現実に気付く。仕方がないので豆腐屋に寄って、油揚げを買って帰宅。豆腐は例によって売り切れ。

とりあえず苗を植えてしまい、食事の準備。

鳥の唐揚げ、ご飯と油揚げとネギの味噌汁、漬物。一応サラダ、チーズ入り。

揚げ物はいい。揚げれば大抵の物が食えるし、温度さえ間違えなければ美味しくなる。もちろんプロと比べたら雲泥の差があるが。

掃除は面倒この上ないのだが、廃油をダンジョンに捨てられるようになったので気が楽だ。鶏がドロップするので、鳥の唐揚げ率は増加した。

いただき物の野菜の大量消費や保存のために、越してくる前よりははるかに料理の腕が上がったのだが。メインは揚げるか焼くか捌くかしかしてない気がしてきた。

鳥の唐揚げは噛めば皮と肉の間の熱い汁が流れる。味付けに使ったニンニクと醤油の香り。ビールが欲しくなるのだが、今週は鷹見さんと痛飲することになると思うので、今は控えている。

サラダと漬物で口の中の熱さを緩和する、やっぱりビールが欲しいぞこれ。揚げ物は危険だ。

3章　美味い酒

本日は『翠』で鷹見さんと関前さんと酒を飲む日。落ち着かず自宅ダンジョンの攻略を進めた。

そして事件発生。72層のスライムがビールを落としました！

『ボヘミアン・ピルスナー』『ジャーマン・ピルスナー』『ペール・エール』。海外のビールっぽい。

欲を言えば、キンキンに冷やして飲む日本産ビールが欲しい。ちょうど夏に差し掛かったところだし。

間に『近江牛』が出ているのだが、ビールの前に霞んでいる。スライム、スライムも殲滅せねばいけなかったのか。

いや、階段から階段までに出たスライムは倒している、今まで酒が出たことはない。日本酒もドロップし始めたのは63層からだし、これからだ。

飲み会を前に大興奮であるが、それはそれとして準備。日本酒をせっせと『開封』、基本四合瓶ドロップのようで一升瓶よりは扱いやすい。

最初のドロップは『山口の地酒・1』『三重の地酒・2』『福井の地酒・1』。

最後についている数字はなんだろうと思いつつ、魔物が復活する度に殲滅した結果、数字が小さいほど出やすいようだが、今のところ34まで確認している。

まだとび番もあるのだが、全種類持っていこうとすると100本近い。車に乗らない、ついでに飲みきれない。

そして今、同じ県名同じ番号でも瓶の色が違うことが発覚。流石に手に負えないんだが？

とりあえずビールを数本と、あとは乗せられるだけ乗せて『翠』に向かう。

食材も持っていこうかと思っていたが、無理である。

「こんばんは」

「いらっしゃい。鷹見さんもいらしてますよ」

本日『翠』は店休日なため、裏口からお邪魔。

「こんばんは」

声が聞こえたのか、鷹見さんもこちらに来た。

「ああ。――すまんが、車から下ろすのを手伝ってくれんか？」

「ええ。もちろん」

というわけで、車から酒を運び出す。

「は……？」

「これはまた……」

箱に入れた酒の量を見てびっくりする2人。

「実はまだあるのだが、車の重量制限があるのでな」

あと、地下のパニックルームからの階段の往復がきつかった。運動はバッチリしてきたとも。

「飲み比べとおっしゃってましたね、これ全部違う銘柄ですか？」

「おそらく」

鷹見さんに答える。

私も確認できていない。2、3本開けたが、それだけなので検証は無理だ。

関前さんが台車を持って来てくれていたので、運び込むのは早かった。私の手書きのメモが貼られた瓶が並ぶ。

「カードには産地と番号しかなくてな。同じ産地番号でも瓶の色が違うので違うものだと思うのだが……」

走り書きでもメモをつけておかんと、飲み比べの結果を持って帰れない。

「瓶の色は数からして日本酒の分類か？　大吟醸酒、吟醸酒、純米大吟醸、純米吟醸酒――」

関前さんが言う。

「なるほど。では番号は蔵元《くらもと》かもしれませんね」

「……それだと、1つの蔵元で9種類にならんか？」

鷹見さんに聞き返す。

瓶の色が欠けて揃っていない番号のものもあるが、酒蔵によって9種類に絞っているのか？

「滝月さんの出品する魚も、同じカードで大きさや季節がまちまちですからな」

さらりと言う関前さん。

「もしやすごい種類があるのか……？」

「今までのドロップ傾向を見るに、その県の地酒全種類出てるんじゃないですかね？」

ちょっと唖然《あぜん》としたところに鷹見さんが止めを刺してくる。

「料理をお出しします。今日は自分も飲ませていただけるそうなので、ある程度並べさせてもらいます」

関前さんの話し方はぶっきらぼうと丁寧を行ったり来たり。

素がぶっきらぼうなのだろうが、客とのやり取りで丁寧語が出るようだ。私も鷹見さんも、店外での関わりがあるのでどっちも出る。楽な方で話してもらっていいのだが、習性のようなものかもしれない。

小鉢や皿が次々と出される。時間に合わせて用意してくれていたのだろう。普段は一品ずつ間を置いて出されるのだが、私と鷹見さんしかいないカウンターにどんどん並ぶ。

イワシと分葱《わけぎ》と切り干し大根の酢味噌がけ、鰤《ぶり》のカマ焼き、レモンを添えた甘エビの揚げ物、焼きシメサバのおろし和え、アサリの酒蒸し。刺身が数種、そして小ぶりの握り寿司。

どれもこれも美味しそうで酒が進みそうだ。

「これは美味しそうな。さすがですね」

鷹見さんが料理を前に言う。

「何かリクエストがあれば飲みながら作ります」

関前さんは、カウンターの中の調理場に背の高い椅子を持ち込んでいる。

そこに浅く腰掛けて、自分の分の料理——私と鷹見さんの前に並ぶものよりも、品数が少ないが——を前にしている。

「日本酒も楽しみにしていました。ダンジョンまでですが、帰りの足も手配してあります」

糸目をさらに細めてにっこり笑う鷹見さん。

鷹見さんがネクタイを緩め、私も上着を隣の椅子に掛ける。

楽しみは楽しみだが、量が量である。ちょっとだけ戦いに赴《おもむ》く気分になっている。

カウンターの内と外、いつもの配置だが、いつもと違う雰囲気。カウンターの空いた場所には酒瓶がずらりと並び、いるのは3人だけ。

料理とまだ何も入っていない小さな猪口《ちょこ》が3つ。猪口に1杯ずつ飲み比べて、瓶に余った酒は『翠』に置いてゆく。

「では『福井の地酒・1』青瓶から——」

鷹見さんが言い、飲み比べが始まる。

「瓶の状態で見分けは無理ではありませんか……？」

ちらりと並んだ瓶を見る鷹見さん。

「いや、蓋が違う」

関前さんがそれを否定する。

開栓して注いでくれるのが関前さんなので、気付きやすかったのだろう。が、どちらにしても。

「カードの状態では無理だな」

カードは文字とシルエットだけなので、蓋の違いは見分けられない。

色は8種類飲んでみて、純米大吟醸、純米吟醸、特別純米、純米、大吟醸、吟醸、特別本醸造、本醸造だろうと鷹見さんと関前さん頼りで結論付けた。——が、ここにスパークリングが入ってきて混迷を極めている現在。

とりあえずスパークリングかそうでないかは蓋で見分けがつくようだ。

ぽんっという高い音、瓶から溢れ出す半分泡となった酒。既に酔いが回りはじめていたのもあって、発泡酒の開封時に何が起こったのかよく分からんかった。

純がつくのは水と米と麹、つかないのは加えて醸造アルコール——香りを引き立てる効果があるらしい——が原料になる。あとは精米の歩合いで、磨くほど味に雑味がなくなる。

と、いうのを関前さんから先ほど聞いた。

「ん？　私のつけたメモの数字と瓶の底の数字が合っていない……？」

私が書いた数字はカードの数字『山口の地酒・1』なら『山口1』と書いて貼り付けたのだが。

まさかのつけ間違え？　今日の飲み比べの意味が揺らぐ大問題なのだが⁉

「もしかして滝月さんの書いたカードの番号は蔵元の番号、瓶の底の番号はその蔵元で作られている酒の種類の番号では？　貼り間違えにしてはバラバラですし、若い番号以外もあるようですよ？」

カウンターに並ぶ酒瓶に手を伸ばし、底を確認しながら鷹見さんが言う。

「おお！　これで料理に合う酒が見つけやすくなる！」

関前さんが破顔する。

「何よりだ」

甘い酒か辛い酒か、せめてそれくらいは飲む前に知りたいと話していた。

カードから出さないと見えない番号なので、私としては選びづらいことが変わらんのだが。

「酔いが深まる前に、記録をとってしまいましょう」

鷹見さんがそう言い、ノートに瓶の底の番号を記入し始める。

関前さんが黙って瓶を傾け、順番に底を見せてゆく。ノートには既に私の貼り付けたメモが1ページに1つ書き込まれ、飲んだ酒の分は特徴が書かれている。

甘口、辛口、酸味、芳香、合わせたい料理。まだ数ページしか埋まっていないが、既に酔い気味である。

鷹見さんは少し明るく上機嫌、私はふわふわしたような酩酊《めいてい》感。関前さんはほとんど変わらず、酔いが見えない――本人曰く、高い物なのでとことん飲んだことがないそうで、限界を把握していないそうだ。

「酒によって酒器も変えたいところだが」

猪口、盃《さかづき》、茶碗――ちょっとオークションを覗かねば。

「この三重の純米、軽やかながら凝縮されてるような。ゴマだれなんか合いそうです」

メモを終えて、座り直した鷹見さんが新しい酒に口をつけて言う。

「こっちの山口の酒は華やかな香りだ。旨味と酸味のバランスがいい」

鯛の寿司に手を伸ばす。

「ああ、白身魚に合いますね」

鷹見さんは平目《ひらめ》の寿司に。

「こんなのはどうですか？」

そう言って関前さんが新しい皿を差し出してくる。

載っているのは薄く切られた大根。大葉と梅のペーストが挟んであるのがのぞいている。

口をつけると大根の歯応えとほのかな甘み、青じその香りと梅の酸味。

「シンプルなのに美味い」

今飲んでいる酒にとても合う。

シンプルが故に大根の味と使う梅干しでだいぶ左右されそうだが、甘い大根が手に入ったら家で真似をしよう。

「さっぱりした料理と合う、と」

料理を関前さんが作り、酒を注ぐ。鷹見さんがそれぞれの感想をメモしていく。私は飲んで食べるだけである。

こんな具合でどんどん飲んで、どんどんノートを埋めてゆく。最初に潰れたのは鷹見さん。私は3人の中では酔いやすいが、潰れるまで行ったことがない。その前に腹がいっぱいになるんでな。

酒ダンジョンに行った時に試して、自分の限界は把握済みである。ついでに美味い酒と飯が正義なので、がっつり食う。酒だけで済ますのは私にとっては微妙。まあ、潰れないだけで酔っ払いなのだが。

――関前さんは変わらず。

「ノートは預かって、続きを埋めておく。和人は弱いが、娘2人は俺と同じで鯨飲する。花乃葉は赤ん坊がいるから飲めないが、菜乃葉と空いた時間に進めておこう」

「お願いする」

もともと酒の持ち運びの問題もあり、続きは関前さんに任せる話なので否やはない。余った酒は、悪くならないうちに客に出すなり料理に使うなりお任せだ。まだ運びきれてない分もあるのだし。

埋まった部分のノートを写真に撮り、本日は終了。事前に鷹見さんに教えられた番号に連絡を入れ、予約済みのハイヤーに迎えに来てもらう。

行き先は市のダンジョン。

「すみません。私が一番に潰れるとは……、吐いたりすることはありませんので」

「大丈夫だ。歩く距離は短い」

扉から横付けされた車、車からダンジョン入り口まではそれよりあるが、大した距離ではない。

力が抜けた人間を支えて歩くのはバランスが難しいが、横抱きして歩く見てくれの弊害に比べれば、なんということはない。

おそらくダンジョンの責任者である鷹見さんには、政府の食えないたぬきから私のことが伝えられている。そうでなければ、自宅ダンジョンのこと、私の攻略スピードなど聞かれないのは少し不自然である。

昔の職関係が切れないのは少々思うところがあるが、今のところなんの不都合もない。配慮もさらりとしていて押し付けがましくない。

確率は少ないが、鷹見さんが何も聞いておらずに程よい距離を保っている場合もある。

知っていても知らなくても、飲み友達、ということでいいだろう。

◆◇◆◇◆

酒の翌日の朝食はビスケットと牛乳。

だいたいこれが定番である。決めておけば悩むこともないし、胃の方も準備ができるようで、しっくりくる。

朝の白い陽が射す中、風呂に入って朝寝。一人暮らしの気楽さよ。

関前さんがあそこまで酒に強いとは思わなかった。鷹見さんは大丈夫だろうか？　市のダンジョン、生産ブースをもう少し居心地良く整えるか。だが、さすがに風呂はつけられないし、家で寝たい。

少し冷んやりしたシーツが、風呂上がりの体温で暖まってゆくのが気持ちいい。

――朝寝を決めて、ずいぶん陽が高くなってから起きる。昼時を少し過ぎたあたり。起きぬけなので、胃に優しいものを食おう。昨夜は飲んだのも飲んだが、食べたことも食べた。とっくに消化はしているが、気分的に食事は控えめに。今日は沢歩きしてないしな。

玉ねぎをバターで炒める。水を加えてベーコンと半分に切ったジャガイモを追加して煮る。塩胡椒で味を整えて、ゴーダチーズを散らす。ジャガイモは例によって柊さんからのいただき物である。

イモ類はなんとなく秋のイメージだったのだが、春植えと秋植えがあるらしく、年2回の収穫だった。あとこいつら、油断するとすぐ芽を出したりしおしおしたりするんだが、どうしたものか。

紙袋に入れて土間に置いておくのだが、ちょっと気温が高くなると芽が出てソラニン生成《どく》、低温になるとアクリルアミド生成《どく》。保存が簡単なようでいて我儘《わがまま》である。

まあだが、チーズとバターが使い放題なので勝利……！　大変よろしい。

本を読みながら食休みして、掃除。その後、運動。外は暑いので出る気はないが、真面目に腕立てと腹筋。そして再びシャワー。

メールのチェック。

鷹見さんから、昨日の酒の話。直接話したことの要点のまとめと、ごちそうさまの挨拶。よかった、メールを送ってくるくらいには元気だ。

要点のまとめは、酒の種類の検証と取扱方法。飲食店にギルドを通して売ることと、優先的に回してほしい店のリストなど。酔わないうちに話し合ったことの確認と補足。

昨夜の醜態《しゅうたい》の詫びが少々。少し支えて歩いただけで、大して迷惑はかけられておらんのだが。からみ酒でもないし、脱ぎ出すわけでもないし、踏んでくださいとにじり寄ってくるわけでもなく、眠そうで足元がおぼつかなくなる至って平和な酔っ払いである。

別なフリーメールのチェック。

スズカから、次に集まる候補日がいくつかと、公開前の動画アドレス。とりあえず見たが、なんか執拗《しつよう》に手が映ってるシーンが多い気がするのだが、私がスズカのフェチを知っているから気になるだけだろうか。

まあ、私は手しか映っていないのでよしとする。レンの服の一部《リード》を途中から持ってるのが間抜けだが。

次は、レンとユキから。

……ハーネスの写真を送ってくるな。私にどうしろというんだ！　一馬あたりに選んでもらえ。画面映りを気にするならスズカとか。

双子の中でもうハーネスが決定したのか。いや、冗談……か？　若者の感性は分からんので勘弁していただきたい。

メール、諾否以外も書かねばならんのか。みんな何を書いてるんだ？　挨拶と要件だけではダメだろうか。

それぞれにメールを返し、チェックを終える。ハーネスについては「私に聞くな」の一言である。双子からのメールの内容、一言で返すことに罪悪感がないことだけは評価する。

気を取り直してオークションで酒器を見る。

関前さん曰く、酒器で味の感じ方が違うという。

筒型のような口が閉じている物は甘味と凝縮感、平盃のような口が広がっている物は酸味と爽やかさ。昼間のお椀型はどちらもバランスよくほどほど。大きさも、大きいと香りが立ってスッキリする、小ぶりだと凝縮感がある。

陶器と磁器で茶の味も違って感じるのだから、酒の味が変わるのも当然といえば当然か。いかん、うっかりコレクションし始めてしまいそうだ。

納屋にある食器を売り払っている店、酒器も扱っておらんかな？　明日あたり何点か売りに行きながら見てこよう。

というか、今まで納屋に詰め込まれた食器、酒器は漆器しか見たことがない。一点ものっぽい陶器もあったが、だいたい5客組の揃いの皿や、ティーカップ、コーヒーカップあたりだ。ぐい呑みやら猪口やらが欲しいところだが、個人ではなく家宛に贈るとそうなるか。飲まない家族も使えるように。だいたい何かの引き出物でもらった物のようだし。

夕方、家庭菜園と庭に水を撒く。夕立を期待していたのだが、降ってくれなかった。

夕食後はダンジョン。魔物が復活した浅い層を適当に流して、本日は終了。

おやすみなさい。

◆◇◆◇◆

只今《ただいま》75層、リトルコアと交戦中。

蛇っぽいミミズというか、ミミズっぽい蛇というか。鱗はあるが粘液に覆われ、目はないが口があって牙がある。

別ににょろにょろしたモノが苦手というわけではないのだが、あの粘液には触りたくないので攻めあぐねている。【鑑定】系の能力は持っていないが、大抵このパターンは触ると武器が腐食するとか、毒か。

状態異常が付加されなくとも触りたくはないが。蛇もどきは、この粘液を自身のスピードを増すことに使っているらしく、ダンジョンの通路を滑ってくる。スライムより水っぽいというか――壁面や床に銀色の跡が残るのは、ナメクジの粘液に似ている。

あの害虫の。

ちょっとイラッときた。

蛇もどきがスピードに乗り、大口を開けて真っ直ぐ襲ってくる。

【幻影回避】。

残した私の幻影に重ねて、カードを残す。大口を開けて、私を飲み込んだタイミングで【開封】。

【毒】、【溶解液】。

粘液で滑る蛇もどきは、自身のスピードを制御できず、止まることができない。おそらく違和感があっても攻撃をやめることができないタイプ。私の幻影ごと2つを丸呑みし滑っていく。

スピードはあるが、動きが直線的なので避けやすい。滑っていった先でのたうっている。外からではなく、内から食う【溶解液】はきつかろう。【毒】の吸収もいいはずだ。

私にナメクジを思い出させたのがいかんのだ。私のレタスを舐めおって。いや、舐めたのはこのリトルコアではなくナメクジだが。ナメクジは葉や茎を食うのも許せんが、寄生虫も怖いからな。

【火球】や【光弾】を【開封】して終了。アホのように浴びせたが、真面目に魔物から収集しすぎて【収納】を圧迫しているのでいいとする。

私のレベルは既に上がりづらい。狭いながらも楽しい自宅ダンジョン、ちょっと通いすぎた。いや、ダンジョン日参は珍しいことではないのだが、私の場合、食材につられて深い層をやりすぎた。

来ることができるんだからしょうがない。酒という餌もあるので、まんまと深層を目指している。

おかしいな？　生産もどきでだらだら生活しようとしていたのだが。その前の自給自足失敗《はたけの》がいけなかったのだろうか。何か現役時代より真面目に魔物を倒している気がする。

蛇もどきのドロップは『オルリヌスの鱗』『オルリヌス粘液』――オルリヌスという名だったのか、蛇もどき。鱗やら粘液やら牙やらはどうでもいい。

『奈良の苺《いちご》』『栃木の苺』『福岡の苺』『昔の苺』。お前やっぱりナメクジじゃないのか？　苺食うよな？　それは置いておいて、『昔の苺』ってなんだ？　品種改良前か？

苺なら700前後あっても市のダンジョンで【開封】できるだろうか？　人にちょっとしたお礼として贈るには手頃な果物だ。初夏には露路《ろじ》ものが出回るし、ドロップするダンジョンもそこそこある。バナナのように高級すぎず、かと言って安いというほどでもない。

何より市のダンジョンや、この近辺のダンジョンでは出ない。魚のようにもらって処理に困るようなこともないだろうし。

……これで、道中の魔物が落としてくれたら扱いやすいのに。リトルコアより道中の魔物の種類を増やしてもらった方がよかっただろうかと、今更後悔している。

とりあえず本日はここで終了。

75層の魔物のドロップは『氷見《ひみ》の寒鰤』『羅臼《らうす》の鰤』『淡路の鰤』と鰤食べ比べ。チーズ食べ比べ。そして謎の『久寿《きゅうじ》』『金兵衛』『藤九郎』。

絵からして恐らく銀杏《ぎんなん》？　全く自信がないが、1つ【開封】してみれば分かる。

73層でアイナメ、お高いだろう地名のついた牛、松茸が出ている。牛は解体してもらわんことにはどうしようもないが。

スダチとカボスはあるので松茸を焼こう。アイナメは甘めの煮付けにでもして、日本酒を――いや、飲みすぎたばかりだった。いかん、いかん。

1部屋目に戻って、ドロップカードの整理。浅い層も回るのは、食材のドロップ補充のためでもあるが、『強化』カードの収集のため。

【収納】をメインに強化。どうも私は溜め込んでしまう癖があり、収納枠が増えた分だけ詰めてしまう。荷物がぎりぎりなのはこの先も変わらんだろう。なにせ、魔物から奪った能力を封じたカードは攻撃手段でもあるわけだから。

いいえ、嘘です。整理整頓が苦手なだけです。一度に回りすぎてドロップ品でぎゅうぎゅうになってるんです。

真面目な話、【収納】を強化のメインにしたのは収納量を増やすためだけでなく、出し入れできる範囲が広がる分岐を選んだからだ。距離を置いたまま、魔物の頭上にカードを出せれば、攻撃手段として大変便利になる。

怠惰な戦闘スタイルになりそうだが。

……日本刀を強化。あ、【魔月神《まがつかみ》】の分岐来た。

【魔月神】は繊月《せんげつ》のような光を魔物に放つ状態異常付きの技。

現れた分岐は、その放つものの物理攻撃力強化、状態異常の強化、刀そのものの斬撃属性の強化の3つ。

『強化』のカードである程度全体的に上がるのだが、分岐で選んだ能力が突出する。

斬撃属性の強化。

私が刀に求めているものは、道中の魔物を倒すさいの気力消費の軽減である。大技は求めていない。大技は魔物の能力カードを使えばいいので。気力をあまり消費しない、通常攻撃の強化になるのでこれでいい。

他は次に分岐が出たら考える方向で。通常強化を選んだので、残りの2つはまた出るだろう。どちらかを選んでいたら、もう片方はなかなか出てこなくなるパターンなのだが。

使いやすくなるとは思うが、このダンジョンではスライムが多いので少し微妙かもしれない。やつらあまり斬撃は関係ないからな。スライム相手の物理攻撃は打撃だろうか刺突だろうが関係なく、核を狙えるかどうかだ。

ドロップカードの整理を終え、ダンジョンから出て本日の飯を考える。結局『久寿』『金兵衛』『藤九郎』はやはり銀杏だった。【開封】後も3つの違いはよく観察せんと分からんかったが。

松茸も出ているし、土瓶蒸しだろうか？　いや、どう考えても日本酒を飲みたくなる。

カワハギの刺身、肝醤油つき。日本酒が出てすぐ作ったホタルイカの沖漬け。塩を振った車海老の串焼き。シロギス、アスパラガス、鳴門金時《サツマイモ》の天ぷら。

松茸の茶碗蒸し。

よく考えたら土瓶がなかったのである。小丼サイズの茶碗蒸しに薄切りにした松茸を数枚、銀杏を3つ、小エビと地鶏の肉を少々、ミツバを上に。

茶碗蒸しは自分で作ると好みの固さに作れるのでいい。うちにある蒸し器は、ちょうど小丼が入るサイズ。時々ジャガイモをはじめ野菜を蒸している。

少々時間はかかるが放っておけばいいし、健康的に野菜を摂っていると主張ができる。柊さんにキャベツをもらった直後は、キャベツを蒸してゴマダレで食べていた。

蒸し器は仕舞ってしまうと途端に面倒になる魔法がかかっているので、見えるところに置いてある。

いろいろ食材が手に入るようになったし、野菜だけではなく今度シュウマイや肉まんあたりも作ってみよう。

魚を捌くのはすっかりダンジョン内になってしまった。臭いが残らないのが素晴らしい。

魚を捌くのもすっかり慣れた、と言いたいところだが、外の魚と比べて血がないことで私でもなんとかなっている感じだ。

寄生虫の心配もないので、チェックもゆるい。ホタルイカも当然冷凍ではなく生の沖漬け、ただし生きてはいないのでホタルイカが醤油を口から吸い込むことはない。踊り食いの類はできないのである。

まだどの日本酒がいいか自分の好みが把握できていないので、適当に1本選ぶ。正しくは既に茶碗蒸しを作る時点で開けているのだが。

大丈夫、既に減っているから飲みすぎることはないはず。

夏場に茶碗蒸しは暑かったかなと思ったが、つるんと口に運び、冷えた日本酒を飲む至福。同じ酒を使ったせいか、よく合う。

香り松茸味しめじと言われるが、私は松茸の歯応えが結構好きだ。香りは――正直ミツバの方がいいと思うが。食い慣れていないせいなのか、まだ松茸の香りの良さを理解するまでたどり着いていない。

私、クルマエビもパサパサになるまで焼いたものが好きなんだよな。『翠』の中心が半生でエビの甘さが強いものも嫌いではないのだが。――人の好みはそれぞれ。決してお子様舌ではない、お子様は酒は飲まない。

カワハギのタンパクな身に肝の濃厚さ。口に残る濃厚さを酒で流す幸せ。シロギスはふわりと柔らかく、ホタルイカは目玉も軟骨も骨抜きで抜いているので、口当たりがいい。

堕落《だらく》である。

おかしいな？　断然ダンジョンを攻略している時間が現役時代より長いのに、堕落している自覚があるぞ？

まあいい、健康で金も稼いでいるわけだし。一人暮らしで友人もおらんが、飲み友達はいるし、ご近所との淡い交流もある。

スローライフは失敗したが、自由気ままに生きることには成功している。上手く黒猫にのせられている気はするが、私の望みが叶えられているのだからいいだろう。

うむ、もう少しイレイサーに協力してやってもいいくらいには待遇に満足している。日本酒出たしな。

薬も弾丸も、イレイサーに供給しているものはしばらく同じもの。おそらく魔物が能力を使い出したあたりで躓《つまず》いているのだろう。道中の魔物に少し手こずって、次のリトルコアの相手をすることに躊躇《ためら》っている、くらいか？

イレイサーが足踏みしている間、ツバキとカズマが2人に基礎を教えるだろうし、そう悪いことではない。だが、どうせなら能力を使ってくる魔物の層に放り込んで教えてほしい。

若者にはリミットの5年などあっという間だ。ちょっとスパルタで頼む。

あれか、配信での攻略を進めればいいのか。

◆◇◆◇◆

イレイサーにもう少し協力的な態度を取ろうと思いつつ、本日も家のダンジョンに潜る。

協力的な態度は次回会った時だ。こちらから積極的に会いに行くつもりはない。コミュ障が自分から動くと思うなよ？　面倒臭い。

76層、スライム。

スライムからも酒が落ちると判明してしまったので、ドロップが分かるまで真面目にやる。

『備後絣《びんごかすり》』。おそらくスライムは3種出るので……、『高貴な薬草』。――『高貴な薬草』とは？　何か薬の材料であることは分かるのであとで調べよう。次に出たものは『アルミニウム』。アルミホイルになって出直してほしい。

いや、アルミニウムのインゴットはそこそこ金になった気はする。酒器を買い集めるつもりでいるし、一応倒すか？　食材ダンジョンですという体《てい》で市のダンジョンで売り払っている手前、持ち込む場所に困りそうだが。絣系はアイラさんが欲しがるだろうし。

悩みながら魔物を倒し、階段があったので次の層へ。だって次の層は食材のはず、悩みは終了である。

76層は絣と薬草、インゴットが数種類ずつだ。77層はどうか？

1つめのドロップは『三陸のわかめ』。よし、豆腐を買いに行って豆腐とわかめの味噌汁にしよう、そうしよう。

『茨城の地酒』！　『富山の地酒』！　『竹輪』番号付き！　『ブリ・ド・ムラン』――は、たぶん絵からしてチーズ！

「なあ」

うきうきと魔物を狩っていたら、何か沸いた。

「今忙しいのだが」

イレイサー関係の招集なら、あとにしてもらいたい。

気付けば黒猫が隣に浮いている。

「最近なんか美味そうな匂いがするんだけど」

「……今日は魚のドロップはないし、捌く予定もない」

魚を捌いた生ゴミをダンジョン内の所定の位置に捨てていたのはまずかったのだろうか。いや、美味そうな匂いというからには大丈夫か？　猫的に？　食ってもいいが、鱗や内臓だぞ。

「アンタ、俺のこと猫だと思ってるだろう？」

「違う……んだったな」

ダンジョンの聖獣だった。

「美味そうな匂いというのは普通の料理の方か。ほとんどこのダンジョンから出たものだが」

「うん。時々人間がダンジョンで作ってるよな」

ふんふんと鼻をならして尻尾をくねらせる黒猫。興味があります、と顔に書いてある。

「お前の食い扶持《ぶち》分ドロップ増やしてくれるなら、たまにやってもいいぞ。設備が揃っておらんし、簡単な物しかできんが」

ダンジョン内に持ち込める物は全てダンジョン産の物で、ダンジョン内で作った物だ。

普通の料理ができないこともないが、面倒なのである。だが、素材の分量で料理を作ると1人分には多いため、実は少し持て余しているところもあるのだ。

結果、『翠』に持ち込んで料理してもらうのだが、つい飲むため、帰りが面倒なのである。家でゆっくり飲みたい。

黒猫が食う分などたかが知れているだろうが、まあ、多少は減るだろう。今までよりちょっと大きな魚が刺身にできるかもしれない。

「落ちる数が増えればいいのか。あとちょっとならいけるかな？　設備の方は？　何がいる？とりあえず場所だけ作っとくな！」

そう言ってうきうきと消える黒猫。

なんだ？　これは台所をもらえるフラグか？　どこに——1部屋目か？

攻略途中だが、さっさと帰る用事ができたようだ。

急いで来た道を戻る。戻……クソネコ！　お前、ドロップ増やしたんじゃなく、魔物を増やしたな!?

結果的にドロップは増えた、増えたが違う！　いらん魔物まで増えてるだろうが！！！

1部屋目、割といい具合に整えつつあるのに、真ん真ん中に台所が出現していたらどうしよう。困る。レイアウト、レイアウトは決めさせてくれ！

内心焦りながらダンジョンの魔物を倒し、1部屋目に戻る。77層から戻るのは大変なんだが！

「よ、お帰り」

通路から出ると、黒猫が扉を背に涼しい顔でこちらを見ている。

「……新しい部屋か？」

見たことのない扉。

「実質俺の部屋だな！　ダンジョンで見たことあるの置いといたけど、合ってるか自信ない」

そこは自信を持ってほしい。しかし、どうやら部屋の真ん中に台所というのは回避できたようだ。勝手に黒猫の部屋と地続きになった問題が発生したが。

「入っていいか？」

呼吸を整えて聞く。

「どうぞ？」

黒猫が脇によけ、扉を開く。

目に入ったのは台所を抜けた先の海。透明度の高いアクアマリン色、降り注ぐ日差し。海が明るいので、台所が少し暗く感じるが――

「――海？」

「解放感がある方が好きなんだよ。狭いかごちゃついてるとこが多いからな」

「なるほど？」

ダンジョンの中は迷路のような作りが多い。洞窟《どうくつ》っぽかったり、レンガを積み上げたようだったりバリエーションはあるが、大抵は狭い通路とたまに大きな部屋でできている。だが中が森林地帯だったり、夜空に覆われた岩山を行くようなダンジョンもある。熊本の火山ダンジョンや長野の森林ダンジョンが有名だ。

黒猫の部屋は海だった。

扉を開けて左右に流しと作業台がある通路のような台所、その先に大きなガラス窓の勝手口、勝手口の先は一段一段が広い階段状の道が海へと続いている。

台所とテーブルが置けそうな道、海だけである。

趣味がいいな、黒猫。見直したぞ。

完全に空いているスペース――だいたい壁側は家具を配置し、真ん中はパニックルームから真っ直ぐダンジョンの通路へ行けるよう空けていた——に部屋が出現しているものと疑っていた。

ダンジョンの造形を見てきた身としては不安がだな？　疑ってすまなかった。

「あ、台所以外は魔物が出るから気をつけろ。大物はでかいし上がって来れないけどな、ダンジョンの層で言うと３００くらいな」

黒猫が笑う。

「無茶言うな」

流石に遭遇したことのないレベルである。

「アンタなら能力的に上手くすればいけるだろ？」

「命をかけるつもりはないし、そんな時間のかかることにチャレンジするつもりもない」

——ドロップ品によっては進んでしまいそうだが、流石に命はかけられないので途中で止まる。

「ま、まずは２００層かな？」

確定事項のように黒猫が言う。

さては適度に酒のドロップを配置するつもりか？　いや、既に配置されているのか？　くそう。自分の欲望が敵だ。

「……」

「で、どうよ？　何か足りない設備あるか？　一応、会ったことのあるイレイサーのを参考にしたんだけど」

「確認する」

台所に足を踏み入れて、黒猫の用意した設備を確認。

台所は暗い。というか、その先の南の海が明るすぎるのだな、目が慣れれば普通だった。

洞窟のような壁、基本はダンジョンの通路かこれは？　入って左手は流しとコンロ、作業スペース側に冷蔵庫。右はカウンターのような収納兼作業台。落ち着いたブルーグレーに金のつまみや装飾。床板と同じく無骨な棚に食器や鍋。

オーブンも作業台の下にくっついている。作業台の天板はやはり無骨な一枚板で、上に大理石のプレートが載っている。そして端の天板に黒っぽいプレートが埋め込まれている。

「作業台、この色分けはなんだ？」

「乾燥と保温？　なんかそんな機能だったな。俺じゃ何に使うか分からないけど」

「おお、それはまた高いものを……」

脱水ができるやつだ。

調薬でも薬草を乾燥させたり、一定の温度を保つために使っている人がいる。ちょっと羨ましい、とてもとてもお高い設備である。

料理だと、豆腐の水切りとかに使うのだろうか。あとは切り替えで食器の温めか？　贅沢じゃないか？

人が動けるスペースの幅は広くないが、むしろ機能的でいい。突き当たりは開け放たれた海へと続く扉。

オレンジ色の薔薇《ばら》だかなんだかとその葉の緑、海のネオン発光してそうなブルーとの対比、途中には小さめのテーブルと椅子。

――食事はスペース的に外か。レベル３００の魔物が上がってくるかもしれん中で。

「実際作ってみんと不足が分からん程度には完璧に揃っている。ただ、これを揃えた者に頼んだ方が早いのでは？」

調味料がないが、それはドロップ品でということなのだろう。

「だって見た目と味が……。壮絶なんだもん」

黒猫の耳が伏せられ、へにょりと尻尾が下がる。

「ああ……」

そうだな、ダンジョンで料理する高レベル生産者は味より見た目より、補助効果優先だったな。防御アップとか、気力減少を緩やかにするとか。むしろ、そこそこの生産者の方が、味と見た目を追求している気がする。

「レンとユキもこんなやつ入れてたけど、なんかすごい臭いがしてるし、美味しそうじゃないんだよな」

黒猫が遠い目でどこかを眺めている。

あいつら料理系のスキル持っていたのか？　ないままに効果付きの食事を作るのはかなりの難易度だと思うが。せめて私のように【生産】持ちなら、マシだが。

まさか素でダークマターを錬成《れんせい》する系の料理下手ではないよな？　ユキはともかくレンはありそうで不安になる。

「料理を、ということは人の食事でいいのだな？　外からの持ち込みは可能か？」

「オオツキと同じものでいい。持ち込みはダンジョン産のもんなら。外のモノは俺に影響が全くないんだ、味がしない」

黒猫が答える。

なるほど、ダンジョンの聖獣。全く影響がないということは、銃火器などの攻撃もスルーだな。かといって、ダンジョンから授かった能力での攻撃も無効な気がする。

それはともかく、他のダンジョンのドロップはいいが、外の食材はダメか。ダンジョンの素材で、外で作ったモノもダメなのだろうな。米やパンが封じられた。

「ここで作ったものの持ち出しは？」

「そっちは自由でいいぞ。設備はこっちだが、材料はそっちだし」

よし！！！！　弁当のグレードアップ確定！！！

「調味料やらが揃っていないので、しばらくは単調になるぞ」

「はいはい」

黒猫の返事に作業を始める。まずは流しの上のタンクに『水』を【開封】。

「……排水はどうなっている？」

普通は流しの下に水を受けるタンクがあるのだが、下の扉を開けても配管だけだ。

「1部屋目以外に流れてる」

「なるほど……」

1部屋目以外では物も生身の人間もダンジョンに取り込まれてしまう。どうやって？　と思うが、ダンジョンを自在に生成する存在だからな、と思い直す。

私の1部屋目の台所の排水もなんとかしてほしいところ。――通路まで管は引けるのか。部屋と通路の間に勾配《こうばい》がないから、一番通る場所がびしゃびしゃになるだけだな。配管も邪魔だろうし。

便利構造を羨ましく思いつつ、料理を始める。

小麦は出ているので、パンは焼けるか？　いや、イーストやらが要った気がする。

いっそパンそのものと、調味料、米のドロップを期待したい。

ダンジョン産の米は買値は高く、売値は低い。差額は外の米の流通コストに回される。外での生産を保護するための、そういった品目がいくつかある。

おかげ様で金はあるのだが、ここでドロップするまで黒猫に出さない方が、ドロップするのでは？　と。

１人で食いきれない食材を使いたいところだが、急には浮かばんものだな。初回だし、浮かぶ料理でいいか。

「まずは様子見でアジの塩焼きと焼き鳥、蛤の酒蒸し」

酒と塩で済み、調理の時間がかからないもの。

もちろん日本酒付き。あれだ、晩酌メニューだと思えば米は必須というほどではなかった。

塩と砂糖は出ているので、味噌醤油が欲しい。

洋食系だと私の知識では塩胡椒を振って肉を焼くか、野菜を焼くかしかメニューが浮かばん。

オリーブオイルがあれば多少ましになりそうだが。

ハムやチーズをそのままどんでもいいのか？　なお、南の海の風景はガン無視メニューである。

「おー！」

尻尾をくねらせて喜ぶ黒猫。

「早速！　いただきます」

「ああ」

アジの白い身がふっくら柔らかく、美味しい。『萩の瀬つきアジ』、身が厚くて脂がのってしっとり優しい味を塩が引き立てる。

そして日本酒。

「ぷは〜！　いいな、いいな。焼き鳥食ったところに酒、魚食ったところに酒！」

上機嫌な黒猫。

ちょっとうるさい。黒猫は、一見前足で持って食っているように見えるのだが、口元近くに浮かせた料理を前足で押さえて食べている。

「直射日光は少し暑いな」

からりと乾いて、そよ風よりも少し強い風。

爽やかだが、種族的になのか直射日光にはほんの少し苦手意識というか、抵抗を感じる。

「ああ。コートだもんな」

黒猫がチラリと私を見て言う。

それもある。仕方がない、脱ぐか。透明度の高い遠浅の海らしく、目視で見渡せる範囲には今のところ魔物の気配はない。

「開けた風景は悪くないのだがな」

選んだ席は、台所口に近い側。黒猫が果たして魔物の囮になるのかは謎だが、位置どりは黒猫の方が海側だ。

──南の海と黒猫というのもどうかと思うぞ？

「ふんじゃ、これでどうだ？」

黒猫が器用に焼き鳥を齧りながら、尻尾を大きく振る。

勝手口のそばに植えられていたオレンジ色の薔薇が、どんどん伸びて絡み、支えもないのに日除けのアーチを作る。

「うむ。いい感じだ」

日陰になると途端に気温が下がった気がする。

妙な時間に飯を食うことになったが、この台所を自由に使えることになったのは素晴らしい。冷蔵庫もあるし。

「醤油はそのうちドロップすることを期待するとして、あとは牛と豚の解体だな」

「スパッとやればいいんじゃゃん」

黒猫がお椀を抱えながら簡単に言う。

「血が出ない分やりやすいのだろうが、皮をはいで内臓を処理するハードルが高い。それに牛1頭分は流石に黒猫が参加しても多いだろう。処理しきれん」

冷蔵庫に入らんし、入ったところで食いきれない。

「一応、外の解体業者には口を聞いてもらったが、ここで食うにはダンジョン内で解体せんとダメだろう？」

市のダンジョンの解体業者は部位ドロップ対応なので、1頭の解体はやっていない。

「むう」

黒猫がぱたぱたと尻尾を動かす。

「鳥は2人でちょうどいいくらいだがな」

幸い黒猫はよく食べる、自分の体重より食いそうな勢いだ。


黒猫との食事は月に1、2度、タイミングがよければとのこと。あとは戸棚に適当に作って突っ込んでおけばいいらしい。私の【収納】と同じく、そのままの状態で保存可能だそうだ。

で、牛の解体の会話をしたせいか、鷹見さんから呼び出し。外の解体業者に、ダンジョンに来てもらおうかという話が出ていたのだが、どうやらそれらしい。

外でそれなりの設備を使って定期的に数頭解体する契約――これは、冒険者ギルドとして――で、その対象のカードを取りに来る時に、ダンジョン内で1、2頭解体。ダンジョンに出入りの業者が扱える程度までにしてくれるようだ。

ダンジョン内でも弁当用の食材として扱いたいようで、ダンジョン内での解体は私のためだけではない。ただ、私に優先権があるだけで。

そういうわけで分かりやすくサーロインとヒレ、ロースを頼んだ。あとはおすすめの部位を適当に見繕ってくれるとのこと。楽しみである。

解体の立ち合いはなし。魚は自分でもおろすので見学したいのだが、肉の解体予定はない。

ようやく美味い肉が食える!

赤身肉のカルパッチョ。四角い板のような皿に、薄く切られた柔らかい牛の内腿が並べられ、上に細かく削られたチーズが白く散り、オリーブオイルに塩胡椒。飾り程度に甘いフルーツトマト、ルッコラ。

何枚か掬ってまとめて口に運べば、とろけるような味。どうやらこの「とろけるような」のために、肉は薄く切られているらしい。

ダンジョン産の肉のいいところは、寄生虫や細菌がいないところ。もちろん、適切な取り扱いをしないとあっという間に汚染されるので、生肉は然《しか》るべき店でしか食う気はないが。

肉のお試し販売を行った後日、また鷹見さんと飲んでいる。イタリアン『ＨＡＹＡＳＥ』。店の名前が、対応してくれていたオーナーシェフの名前だったことにさっき気がついた。我ながら人に興味がなさすぎである。

トリッパのトマト煮、とても美味しい。トリッパは牛の第2胃袋ハチノスのこと、トリッパ自体は淡白な味わいと弾力のある独特の食感で、トマトを始め一緒に煮込まれた野菜と合わさり好きな味だ。

「下処理が大変だそうで、煮こぼしを何度か繰り返して臭みを抜くそうです」

鷹見さんがにこやかに。

うん、食いたくなったらここに来るとしよう。手間もかかる上、ストーブのついている冬場ならいいが、その作業は暑そうである。

「焼肉でも内臓が好きな者は一定数いますから、供給が増えて何よりです。ダンジョン産は寄生虫や病気の個体の心配がないですし、人気ですよ」

「何よりだ」

普通のダンジョンはロースやバラ肉など部位単位で『肉』がドロップする、内臓系はほぼ出ない。

「それに銘柄の種類も」

そう言ってワインを注いでくれる鷹見さん。

温泉卵にトリュフソース――私のダンジョンで出たものが、とても活躍している。プロが使うと別物だな、と思いながら卵に絡む香りを楽しむ。

ホッキガイのバターソテー。バターだけでないのは分かるが、何かは分からん。季節の野菜を添えた仔牛のソテーも柔らかで、焼き加減もとてもいい。

ワインが進む。ワインもダンジョンで出てくれるといいのだが。ワインが特別好きというわけではないが、さっき挨拶に来たシェフが確保が大変だと言っていたので、飲むばかりではなく料理にも遠慮なく使えるように。

「そういえば、配信は好評のようですよ。冷静なツバキのちょっとした動揺と、今までどこか投げやりだったカズマの献身と、……カオスが」

「……」

機嫌良さそうにワインを飲む鷹見さんに思わず無言になる。

なんの配信かを言わず、話題をふってきたのだから私が参加していることがバレてるのが確定である。配信自体は話題になれば耳に入るだろうしな。

バレているのは仕方がない。なにせ市のダンジョンの会議室を借りて、配信のあれこれを相談したのだ。それもダンジョン攻略の前線にいるパーティーの中心の2人が参加なのだから目立つ。鷹見さんの耳に入らない方がおかしい。

「なぜあの２人に攻略最前線の２人が引っ張られるのか……」

視線を逸らす私。

バレているのはいいのだが、あのカオス仲間だと思われるのは遺憾《いかん》だ。カオスなのはあの４人――いや、スズカもずっと手に対しての想いを独り言としてダダ漏れさせていたな。

カオスが人気とはこれいかに。もしかして私は、お笑い配信パーティーの一端を担ってしまったのだろうか。

「確認ですが、外でも付き合いを？」

「いや、外で会うこともあるが同一人物だと思われておらん」

近所なので会うことは避けられんし、関わりを拒絶するにはその家族の柊さんと佐々木さんにはお世話になっている。

草取りマスターにも世話になったしな。……最近、家のダンジョンを優先して、庭の手入れが手抜きだ。せっかく草取りマスターに刈ってもらったのに、家の裏手がまたひどいことになりかかっている。

初夏の草、勢いひどくないか？　なんの嫌がらせなんだあれ。木々も勢いがよくて、山歩きにはいい季節なのだが草も元気だ。根絶やしにしたい。根を絶やしても種が飛んでくるのだが。

去年取り扱いを間違えて、アザミの冠毛を飛ばしまくってしまったせいか、あのトゲトゲのヤツがそこかしこに。私が飛ばさなくても山から飛んでくるし。

「では私もオオツキさんの姿の時は滝月さんの話題にはなるべく触れず、滝月さんの時にはオオツキさんの話題はなるべく控えましょう」

一言二言で、ツバキやユキたちとの関係性を見抜き、提案してくる鷹見さん。さすがダンジョン局長、ただの飲兵衛《のんべえ》ではない。

返事の代わり、礼を兼ねて鷹見さんのグラスにワインを注ぐ。

――私がコミュ障なこともバレまくっている気配だなこれ。

◆◇◆◇◆

せっせと弾丸を作る。

協力者を選んだ時、イレイサーはだいぶ拗らせていたようだが、今は市のダンジョンにも通っている。

市のダンジョンで本職が作ったものを買えばいいのでは？　と思わなくもないが。

弾丸も回復薬もいったいどこでそんなに消費するのか疑問に思う者が出てくるのを心配して

いる……訳ではないな。レンの行動を見れば、どこかで無駄弾撃ちまくってるんだろうとか、無謀な戦い方をしているんだろうとか、そこで落ち着く。

見た目だけならおとなしやかなのだが、中身はハスキー犬みたいなノリと勢いだけで突っ走るような性格しとるからな。

そして私が、うっかりそれなりのものを作れているので支障がないのだろう。【生産】は持っているが、【運命の選択】で得たものではないので、本職ではない。

本職ではないが、【生産】があるのでダンジョン内で効果があるものを作れてしまう。派生スキルを使っての時短や、作業補正、大量生産、能力向上などはできないのだが、手作業で普通の生産結果を出す分には問題がなく。

そして繰り返した手作業には【正確】の補正が効く。

面倒なことは面倒だが、一度作り始めてしまえば作業自体は嫌いではない。むしろより効率的で速く、思った通りの物を作り出すよう調整していくのは楽しい。

ただ、量ができないためたいした金にならない。回復薬のように付加価値がつけられれば別だが。あれも毎日作っている訳ではないので、支出と釣り合っているかと聞かれたら微妙だが。

いや、自宅にダンジョンができる前までは、さすがにここまで外食――しかもお高めの店――はしていなかったので、釣り合っていたはず。

今はダンジョンドロップのおかげで収入の方が多くなったので無問題。それ以前も預金に余裕はあったが、やはり目減りするのは精神衛生上よろしくないしな。

最後の弾丸を作り終えたところで、ノックの音が響く。ノックをするのはイレイサーしかいない。黒猫は突然現れる。

返事をして扉に向かう。扉を開けた時に、部屋の中が見えないよう棚を据えてある。正面ともう片方、L字型に扉を囲っているため、狭い部屋だが回り込むことになる。

「こんばんは～」

「こんばんは」

扉を開けるとレンとユキが揃っている。

「どうした？」

2人の肩越しに、テンコの姿を認めながら聞く。

「何もないけど、ちょうどみんないたから、アイテムとかお金とか調整した方がいいかと思って！」

「オオツキさんの予定が今空いていればですが……」

レンが明るく元気よく、ユキが自信なさそうに提案してくる。

「ちょうど一区切りついたところだ。何か要望があるなら話は聞こう」

聞くだけで終わらせる可能性もあるが。

「わーい！」

なぜか喜び、はしゃぐ様子のレン。

イレイサーのダンジョンに足を踏み入れると、なんとも雑多。

「あの歯車はなんだ？」

壁に立てかけてあるでかい歯車に目が止まる。

「昔の時計塔の歯車だって！」

レンの答え。

違う、そうじゃない。

「それがなぜここにある？」

「かっこいいから！」

単純な答えといい笑顔が返ってくる。

「……」

私も趣味と実益を兼ねて酒器を集め始めている。うん、かっこいいという理由で錫の片口を注文した。趣味のものは、本人がいいと思えばいいのである。深く追求しないことにしよう。

……そこの床に転がっているバルブのついた、どことも繋がっていない配管はなんだろうか。

濃い茶色のチェスターフィールド風のソファ。2人掛けが1つと、1人用が2つ。ソファの間には大きな革のトランクがテーブル代わりに置いてあり、1人用にはテンコが座っている。

「どうぞ。お茶を淹れますね」

そう言ってユキが離れる。

遠慮なく1人用のソファに座る。レンは2人掛けソファの肘置きに行儀悪く腰掛けている。

座面が沈み、体を受け止める。一度座ると、立ち上がるのが億劫《おっくう》になるような、包み込むような沈み方。私の好みから言うと、ちょっと沈みすぎだ。

「久しぶりだこと。何か良い物は出たのかしら？」

テンコが話しかけてくる。

幼さと妖艶《ようえん》さが混在する狐の獣人、生産系の配信でそこそこ有名。生産は付与系で、宝石への能力向上の付与と、紙への攻撃魔法付与が得意。布への付与もするようだが、こちらはごく弱い出来のようだ。

「ああ。個人的には満足している」

イレイサー用の素材が邪魔だが。

「家にダンジョンがあるの、便利だよね！」

「同意する」

レンが言うようにとても便利だ。

完全に黒猫の思う壺《つぼ》だが、あのダンジョンを消したくない。いざとなれば、私が対象を消そうと思っているほどには。まあ、その他の特典的に、なるべく5年の期限いっぱいは討伐せずにおいておきたいが。

確かテンコのダンジョンドロップは付与のための宝石、調整で選んだ紙の類。

宝石は私のダンジョンでも時々落ちるが、ドロップするよう選んだテンコのところはもっとドロップ率はいいのだろう。たまに落ちるレア扱いのはずなので、私のところの食材並みとはいかんだろうが。

「こちらは薬草の類のほか、『平織りのロータス』『スーパーファインメリノウール』『光のカシミア』あたりが落ちている」
45、46層で落ちただけだが。
テンコは着道楽に見えるので、布の提示を。できれば、向こうから欲しいと言わせ、それから付与の交渉に入りたい。深層に潜るために付与が欲しいのである。

「あ！　俺の装備の補修お願い！　『光のカシミヤ』売って!!」

レンが釣れた。お前じゃない。

「売るのは構わんが、補修は誰が？」

私は能力的にできないことはないが、できるようになるまで時間がかかる。

「私が。補修くらいなら、ね」

テンコが笑う。

「能力は付与だと記憶していたが」

「ええ。分岐は宝石と紙への付与を伸ばしているわ。布への付与もできるけれど、お金にならないの」

微かな苦笑を浮かべるテンコ。

布や革、金属は、アイラさんやツツジさんのような武器防具の生産者が、生産過程で刺繍や染色、その他の加工で素材の能力を引き出したり上積みする方が効率がいい。

完成品にあとから付与することもできるが、大抵一時的なものになり、一定時間で効果が消える。あとから全体に付与することを前提に整えたものであるなら別だが、そうでない装備に恒久的な付与がかけられる人物を私は1人しか知らない。

「布を扱うの好きなんでしょ？　好きな能力伸ばしたらよかったのに」

レンが口を尖らせる。

どうやらイレイサーとテンコとは交流を持っているようだ。そういえば、ダンジョン攻略を手伝ってもらうとかなんとか言っていたな。

「お金はもっと好きなの」

愉悦《ゆえつ》とも妖艶とも見え、そして少し違う、なんとも言えない笑みを口に浮かべるテンコ。

「それに布を触っている時間は楽しいもの。手作業の方がいいわ」

どうやら私と同じく手作業で布装備の生産をするようだ。いや、補修特化かもしれんが。

基本私は攻撃は避ける方向なので、あまり補修の依頼と縁がないのだが、レンはすごくありそうだ。

「どうぞ」

ユキが緑茶を配る。

いや、待て。濃い。

濃いお茶は嫌いではないが、香りはなく渋みばかりが口に残る。――黒猫がイレイサーの料理の感想を言っていたな？　レンかと思ったらユキがダメなのか？　止めないところを見ると、レンもダメな気配がする。

手をつけないテンコ、レンは普通に飲んでいる。常飲すると胃がやられそうな濃さだが……。

『化身』ならば回復薬が効くか。新手の修行か何かだろうか？

「『平織りのロータス』『スーパーファインメリノウール』『光のカシミア』だったかしら？」

「ああ」

テンコが確認してくる。

「数を全部10ずつほどもらえるかしら？　金額はこれくらいで」

数と言えば、カードの数字を合わせたもの、10枚と言えばカードの数。

持っているカードによっては数はピッタリ10とはいかないこともある。高いとも安いとも言えない値段の提示。

「テンコが払うのか？」

要望のあった布もレンの口にした『光のカシミア』だけでなく、全部である。

「布はね、趣味を兼ねているの。使った分はちゃんとイレイサーに請求するわ」

「払う、払う」

レンが湯呑みを片手に言う。

「なるほど」

テンコは金になるから生産をしてるのかと思っておったが、基本的に作ることは好きなのか。

適当な金になるから作っている私とは違うな。

「『近江上布《おうみじょうふ》』『和泉木綿《いずみもめん》』『丹後ちりめん』もあるが、どうする？」

「それもお願い。全部数を10ずつ」

きっちり代金を決め、取引する。なんというか、後腐れのない取引なため当初の思惑のように「代わりに付与を」とはならない。が、普通に取引しやすいなこれ。

「私からは付与を頼みたいのだが、手が空く時期はあるだろうか？」

売買はすぐに済むが、生産の方は時間を取らせることになる。

「何にどんな付与をかによるわね」

「宝石に。カフスやラペルピンあたりになる大きさで、付与の種類は即死回避系だと嬉しいが、無茶なようならば防御の向上で」

「高いわよ？　さっきの布を１００ずつでも足りない。その付与に耐えられる宝石がまず手に入らない、手に入ったとしても失敗する確率が高い、付与の触媒も高い――」

ダメ元で聞いてみたのだが、高いということは即死回避系の付与もできるのか。付与の成否は安定せんようだが、そもそも即死回避系の付与はできる者が少ないのだ。

「高いのは覚悟をしよう。宝石はこの辺りでは無理か？」

私の持っている宝石のカードを２枚ほど晒《さら》す。

「【開封】しないと分からないわ。私は【鑑定】持ちじゃないから」

基本、カードの模様で誰でもドロップしたダンジョンは判別がつくが、どの層――どの魔物が落としたドロップかは、『運命の選択』で得た【鑑定】持ちか、ドロップした本人が【鑑定】しない限り見えない。

本人の【鑑定】は、能力カードから得た【鑑定】でも、時々落ちる鑑定の効果があるカードの使用でも、なんでも構わんのだが、そもそも本人なら覚えてるしな。

「3年前、新潟で海から上陸してきたリトルコアからのドロップカードだ」

「3年前と言えば、レベル150超えと言われたあの？　天魔様が倒したあのリトルコア!?」

テンコが感情をあらわにする。

様がついとるのか、政府の勇者。

「あ！　俺も流石に知ってる!!」

「あの時現場にいたんですか？」

「しかもカードがあるってことは戦闘に参加したんだ？」

レンとユキが話に食いついてきた。

ちなみに外に出てきたリトルコアについては、倒せるレベルの者の到着まで、そばにいた者ができる範囲で足止めをすることが普通。なので私が現場にいてもおかしくはない。

ドロップカードはリトルコアにダメージを与えるか、リトルコアを倒した者に回復などの支援をした者の前に現れる。私も回復薬を投げたことにしておけば問題ない。

……うっかり、3人から話を聞きたいムーブで、キラキラした目を向けられているのだが、問題はないはず。

「オオツキさんって新潟にいたんですか？」

「たまたまだな、前職はあちこちに移動生活だ。【収納】持ちは、ダンジョンからダンジョンへの長距離移動で荷物の運搬が金になる」

ユキに答える。

前半は本当、後半は一般的な事実。

いや、ついでにとばかり詰め込まれたというか、たまに使う対外的な身分は政府系の運搬人だし、それが本業だったと言っても差しさわりないな。

なんかそれだと配達に行く先々で、リトルコアにあたる人のようになってしまうが。

「天魔、かっこよかった？」

「よく分からん。最初の回復は、生産者も出てきて大勢いるからな。むしろ映像で見る方がよく見えると思うぞ？」

映像ならば変なフェチ持ちだと分からんし。

回復行動を取ると魔物に狙われる。それを利用して、リトルコアを誘導するのである。もちろん『政府の勇者』が来る前も、地元のダンジョン攻略者がリトルコアの足止めや、人家のない方への誘導などをしているのだが、『政府の勇者』が配置についた時一番派手に回復が行われる。

リトルコアにダメージを入れられない自覚のある者たちは、少しでも協力——と見せかけて、ドロップカード狙いで『回復薬』を投げまくるのである。真面目に協力しとるのもいるのかもしれんが。

回復した者たちも含めてリトルコアを含む魔物の敵視を上げる行為のため危険を伴う。ただ、リトルコアから離れた場所での最初の回復行動くらいはリカバリが効くし、『政府の勇者』の元へリトルコアを誘導するという目的もある。

深い層のドロップカードは政府にとっても有用であるし、どうせレアドロップ率が下がる5人以上にはなるので、参加は多い方がいいのである。派遣されて来た人たちもそれを承知で、少しダメージを負っている状態だったりもする。

このサービスは海から人の住む地まで距離があるとか、余裕があればの話だが。それに、回復に参加する数が数なので、ドロップカードがもらえる率はそう高くない。

なお、獣牙皇帝龍天魔王くんは出動前に私が踏んだ。ドロップカードを手に入れた人は感謝してほしい。

「探せばオオツキさんも映ってる？」

「どうだろうな？　少なくとも自分では見つけられなかった。撮影は大抵勇者を中心に撮るものだろう？」

レンに答える。

回復行動には参加していないので、絶対映っていない。私はその時、戦闘のための位置どり中である。

戦闘中は勇者とセットで送られてきた政府の人間が撮影者だ。戦闘に参加するのならばともかく、撮影している一般人がいたら戦闘の邪魔だとすぐに排除される。

リトルコアの周りはダンジョンと同じく、ダンジョン用の機材が必要であり――【収納】持ちでない限り、いつ起きるか分からん撮影のために機材を持ち歩く者はあまりいない――、そして撮影者の周りには撮影している映像のウィンドウが浮かぶ。隠し撮りというのはかなり難しい。

「確かに天魔様以外の印象は薄いわね……。視聴者も天魔様が映っている方が喜ぶけれど」

テンコが映像を思い出しているのか黙る。

「そういえば勇者以外も戦闘する人たくさんいるよね。同じ格好してるせいか顔の印象ないや」

「『勇者』を除いたら、普通の攻略者の活躍の方が目立ちますね」

レンとユキ。

地元の勇者や勇者未満の攻略者を目立たせることは政府の方針なので、ユキの感想は正しい。

海底などの確認困難な場所でのダンジョンの氾濫《はんらん》、外に溢れ出たリトルコアの上陸。リトルコアの周囲では、ダンジョン内と同じ現象が起きる。リトルコアのコアが、ダンジョンコアと同じ役割を果たすのだろうという推測。

リトルコアにその個体のレベル以下の魔物が付き従い、能力を振るうが、人々も『化身』に変わることができる。『化身』に変わることができる距離で、どの層のリトルコアなのかおおよその判別がつく。

リトルコアが上陸してきた時、私の仕事は『勇者』のフォロー。目立つべきは『勇者』で、『政府の勇者』だけでなくそれは他の『勇者』も同じ。

やることはリトルコアの致命傷になりそうな能力の発動を、周囲に気取られずに止めること。回復を担うことは滅多にない。他に『回復薬』を投げるような者が周囲に複数いること、自分の位置が周囲から分からないこと。なかなか条件が厳しいので、勇者たちの怪我は大抵スルーである。業務外なんで自分たちでなんとかしろ。

あくまでもリトルコアを倒すのは『勇者』でなくてはならない。全国に頼りになる勇者が複数いる方が住民は安心して暮らせる。……という建前。

私の普段のダンジョンでの仕事は、堕ちた勇者とかの化身の剥奪という名の暗殺任務だったので、普通に顔出しはＮＧである。もともとそっちが仕事のはずが、外の手伝いにも派遣されるようになったという流れなので、隠れる方向でいた。

目立つのは鬱陶しそうだったし。交流はないが、おそらく私のような立場の者も何人かいたはずだ。

思い返すと、私だいぶ使い倒されてるな？　そのぶんもらう物をもらったのでいいが。若いうちに働いてあとは悠々自適のスローライフ——のはずが、ダンジョンをくるくるしている現在。なかなか思い通りにいかないものである。

「それでも天魔様の一助となれるなんて……。私だったら一生の思い出にするわ」

ほんのり頬を染めるテンコ。

「一助も何も、回復薬を持ってる奴は投げまくるんで、よく分からんことになってるだろうあれ」

思わず突っ込む私。

「いいなあ、１５０超えのリトルコア、勇者との共闘」

レンはなんか少年漫画的な憧れの様子。

「僕らも5年内に強くならなくては……」

ユキが呟《つぶや》く。

ユキとレン、イレイサーの対象も『勇者』である。

確か110層のリトルコアだったたな。階層イコール魔物のレベルなのだが、道中の一山いくらの魔物とリトルコアとでは違う。101層の魔物より100層のリトルコアの方が強い。

『政府の勇者』の派遣なく、110層のリトルコアに勝ったならばそこそこ強い。その時の配信を見る限り、挑んだのは大勢だったが。

外での討伐はダンジョン内と違い、大人数での討伐となりがちだが、レベルの高いリトルコアに大きなダメージを入れられる者は少ない。

そして倒したリトルコアのドロップでさらに装備を整えているはず。

頑張れイレイサー。とりあえず応援はしているぞ。

「で？　確か、政府発表のコアの鑑定結果が165層だったはずだ。この宝石では不足か？」

だいぶ話が逸れたが、付与の話である。

リトルコアからのドロップカードによる【鑑定】持ちは多いが、『運命の選択』での【鑑定】持ちは少ない。

事後処理に時間がかかることもあり、ドロップカードの詳細な【鑑定】は後回しにされることが多く、発表した頃には『150層越え』とか『150層相当』などが定着していて、割と細かい数字は忘れられがちである。

過去最高レベルや、大きな被害をもたらしたリトルコアは別だが。

ちなみに破壊後の外の復興に『政府の英雄』は関わらないが、氾濫によって外に出たリトルコアが別のダンジョンに近づくと、10層のリトルコアの討伐を済ませていても氾濫を誘発することがあり、間を置いて深層の確認に駆り出されたりもする。

「ターフェアイト……十分よ」

カードを見て呟き、私に視線を移すテンコ。

「これなら一度だけ即死を避ける付与がつけられるはず。一応聞いておくけれど、毎回即死を防げるとか、生命はフルのままなんて考えてないわよね？」

「もちろん」

そういった効果は大抵使いきりの消耗品、くそ高いがソロで進むのなら『帰還の翼』と共に揃えておきたい物だ。

深層で稀に遭遇する即死攻撃を使ってくる魔物も怖いが、こっちと相性の悪い魔物と相対する可能性は低くはない。補ってくれる者がおらんからな。

「他の素材は私持ちよね？　成功してもしなくても、1つ2千はもらうわよ？」

「ああ」

2千円ではない、2千万である。おそらく釣り合う素材を手に入れるために、テンコはその支払い額の半分以上を使うことになるだろう。その辺は分かっている。

「とりあえず【開封】するか」

分かっていないのは、ターフェアイトがどんな形で何色をしているかである。

依頼の検討に当たって、一応手持ちのカードの中で手頃な宝石をいくつか調べたのだが、このターフェアイトという宝石、ピンクっぽいラベンダーから黒っぽい紫まであってカードから出すまで色が分からんのである。

テンコから返してもらい、もう一度カードを眺める。

カードの数字は5。1つくらい暗い色があれば嬉しいが、まあ、黒い服の上につけてしまえばピンクも黒を透かして落ち着いた色に見えるだろう。たぶんだが。

「【開封】」

手の中に5つの宝石が落ちる。

「おお？　綺麗じゃん！　ピンクとメタリックグレイ？」

レンが覗き込んでくる。

近い。

腕を伸ばして体から離す。レンも手の中を覗き込みながら離れる。興味があるもの一点集中なのやめろ。

「紫がかった茶色とラベンダーもありますね。色の幅がある宝石なんだ」

そう言いながらレンの額を押さえ、私の手から顔を離すユキ。

ありがとう。

「この色で」

光の角度で紫が見えるメタリックグレイ、1センチほどのラウンド。

たまに別な形が出ることもあるが、ダンジョンから出るのは大抵この形だ。他の形は少し高値がつく。

カットしてしまえば形はどうとでもなる気がするのだが、そういう問題ではないらしい。出たまま、というのが蒐集家《しゅうしゅう》の気を惹く。原石ならともかく、なぜそれがいいのか、その辺の機微はよく分からん。

「ええ。ラペルピンでいいのかしら？」

「ああ」

ジャケットの下襟の穴につけるピンバッチである。

「付与のための細工の関係で、宝石の美しさを十全に引き出すことはできないわよ？」

「ああ」

美しさより、身の安全である。

「少し時間をもらってもいいかしら？　聖獣のダンジョンのおかげで、レベルが上がるの。成功率と上昇ボーナスを考えたら、もう少し鍛えてから手をつけたいわ」

「半年は待てんぞ？」

ダンジョンを早く進みたい。

「もちろんよ。あと、よければピンクを売ってもらえないかしら？　差額はもちろん支払うわ」

先ほどの私の支払いより高くなるのは妥当だ。個別の価値はよく分からんが、付与だけでなく装備に使える素材の１００層越えのドロップ品は高い。１６５層のものとなればなおさら。当たり外れもあるが。

ターフェアイトは外では稀な石だが、ダンジョンではドロップした深さで希少さが決まる。深い層であればあるだけ美しい宝石をドロップするが、それは種類ではなく、異物のあるなしだったり、透明度だったり、輝きのことだ。

「構わん。今のところ使う予定はないからな」

そう何度も死にかける目に遭いたくない。

そういう魔物だと分かったら何か別の対策をしたい。予備は欲しいが、それはダンジョンを進んだあとで、また考えよう。その頃にはテンコのレベルも上がっているだろうし。

「僕たちもテンコのダンジョンを手伝って、もう少し防御を上げる付与アイテムを作ってもらう話はしているんです。オオツキさんも一緒に行きませんか？　宝石類って生産工程にも必要なんですよね？」

後半はテンコに向けての確認。

「レベルの低い石から付与を移していくのだったか」

レベルの高い石に、高レベルの付与をする場合、低い石を媒体にし、付与の強さを加えながら、レベルの高い石に付与を移していく方法がとられる。

「このレベルの宝石に、高レベルの効果を一気に付与する勇気はないわね。割れる確率が高いもの」

テンコが答える。

「行こう、テンコのダンジョン！　普通よりは宝石たくさん落ちるって！　４人だし、ドロップはいい感じなんだろ？　俺、戦闘頑張るし！」

レンからもお誘い。

「テンコのダンジョンなのだから、勝手に同行者を増やすな」

テンコの受け答えの雰囲気からしてダンジョンの攻略は了承ということなのだろうが、私が気持ち悪い。

「いいわよ。私だけでは進めないところまで来ているのだし」

テンコを見れば、あっさりと許可を出す。

「私は回復を手伝うだけだぞ？」

配信のあれで分かっているだろうが。

「分かってる！」

「よろしくお願いします」

レンとユキ。

「回復……嬉しいわ。これで少しは安心できる」

テンコ。

……不穏ではないか？

「がんばる！」

レンが張り切っている。

そしてその様子を見て、テンコの狐耳が若干倒れている。

不安が膨れるのだが、いったい何が？　……大体予想はできるが、そんなにひどいのか？

「……頑張ります」

こちらはユキ。

ニュアンス的にダンジョン攻略より「レンの制御を頑張る」と聞こえる。

不安を覚えつつ、テンコ側のダンジョンに移動。テンコのダンジョンは華やかな印象。

造りは一緒なのだが、床には畳と一部緋毛氈《ひもうせん》、帯や反物《たんもの》が掛けられ、花まで生けられている。

「また増えてる？」

「一段と華やかですね」

レンとユキは何度か来ているらしい反応。

この2人に手伝ってもらうダンジョン……。いや、生産職であるのならば、リトルコアを1人で超えるのは至難か。

「せっかく飾っても布が傷まない空間なのよ？　しまっておくのはもったいないでしょう」

そう言いながら、棚からケースを持ち出し、私の渡したターフェアイトを納めるテンコ。

ガラスの蓋越しに、すでに裸石《ルース》がいくつか並んでいるのが見える。おそらく付与を頼まれている石なのだろう。

「では早速お願いしようかしら？」

私の渡した布をしまい、振り返りながら言うテンコ。

「はーい」

「はい」

元気よく返事をするレンと、ユキ。

そして私に渡されるリード。


「本当に買ったのか……」

リードの先はレンの背中、ハーネスである。

絵面的にどうなのか。なんで私は踏まされたり、リードを持たされたりするのだろうか？

首輪でないだけマシか？

「10層のリトルコアは復活してるかな？」

自分にハーネスがついていることに頓着《とんちゃく》ない様子のレン。

「……日数的に復活しているわ。そこへ至るまでの敵はいないはずよ」

レンに答えつつ、視線を私に向けてくるテンコ。

「替わるか？」

リードを差し出す私。

「いいえ」

ふいっと体ごとダンジョン通路へと向き直り、拒否の姿勢を示すテンコ。

ツッコミどころがすでに満載なのだが、誰もツッコまない。心の中でツッコむだけの人種だな、テンコ。私もだが。

どう考えても関わりたくない様子である。貴様がダンジョンの攻略をこの2人に依頼したのだからな？　責任を持て。

機嫌良さげなレンと、その隣を歩くユキ。間にテンコがいて、リードを持つ私は最後尾。テンコの言った通り、魔物は現れない。


犬の散歩かな？


テンコのダンジョンも、基本的な通路の作りは私の方と一緒だ。床はほぼ平ら、左右の壁は岩壁で、時々平らな天井もあるが、基本左右の壁がくっついたような――岩の裂け目のような通路。

1層ごとの広さも同じくらいのようで、テンコの案内ですぐにリトルコアの元にたどり着いた。

――5層のリトルコアはおらんのだろうな。私のダンジョンも最初はいなかったのだから、いない方が通常運転だ。

「ついたー！　グローブよーし！　銃もおっけー！」

大きな扉の前で、身振りを加えて装備の確認をするレン。

「僕も……」

そう言って手の中に武器を出すユキ。

漆黒の槍《やり》。……『化身』は指輪で魔法、『イレイサーの化身』は槍か。

「開けるわ」

扉に手をつくテンコに倣《なら》い、全員が大きな扉に触れる。

リトルコアのいる部屋の扉は多くが石だ。厚みもあり、とても人の力では開けられそうもないのだが、触れるだけで勝手に開く。

開いたと認識したが最後、触れた者はリトルコアの部屋の中にいる。背中には固く閉じられた扉——どうも短い転移が発動するらしい。

この辺の仕組みはよく分からんが、必ず同じことが起きるので問題ない。


テンコのダンジョン、10層リトルコアはスライム。

「テンコの方もスライムなのか」

「偶数層はね。だからリトルコアは全てスライムのはずだわ」

テンコが答える。

目の前には半透明でメロンソーダみたいな色をしたスライム。よくいるタイプなのだが、同じ『協力者』のダンジョンなのに色が普通だ。

「いっくぞ～っ！」

レンが飛び出そうとしたのでリードを軽く引く。

飛び出していくレン。

「えええっ！　レン！　待って！」

慌てて追いかけるユキ。

「……外の物か？」

「そのようね……」

手に残ったリードを見る私。

リードの先は金具が吹き飛んで地面に落ちている。丈夫に作られてはいても外の物、20層リトルコアをクリアできる『化身』の勢いに耐えられるわけもない。

ユキに頑張ってもらおう。

レンはスライムに飛びかかっていって、ゼロ距離射撃よりマシな距離から射撃し、そのままの勢いで殴りにかかる。

ユキはレンの方に伸びるスライムを槍を突き出し払い、寄せ付けない。

攻撃の衝撃に震えるスライム。

「力は足りているのだから、核を狙えばすぐ終わるのでは？」

言いながら、とりあえず反撃を喰らったレンに回復薬を投げる。

力が不足していれば、絡め取られ、弾き返されているはずだが、レンの弾丸はスライムの体に飲み込まれ、体内で速度を遅くし、その後ぽいっと押し出されて排出されている。

すぐ戻ってしまうが、体表を覆う膜をユキの槍は突き破っている。

レンの打撃《グローブ》との相性は良くないが、それとて連打による衝撃でスライムの形を変え、核のそばまで迫っている。

「私に言わず、２人に言ってあげてちょうだい」

ため息をつきたそうな顔のテンコ。

「よーし！　撃破ーーーー！！！」

言う前に力技で倒したらしい。

まあ、ツバキとカズマのフォローもあったが、市のダンジョンの20層を普通の『化身』で突破しとるからな。イレイサーの分、基礎能力が上乗せされている今の２人には、楽勝だろう。

楽勝な故に学習しないまま進んでいる気がするが。黒猫が用意した50層リトルコアの能力カードは手に入れたのだろうか？

イレイサーのダンジョンは死に戻りができると聞くが、いったい普段どんな攻略をしているのか。

まさか力技で行って、死に戻っては突撃してるわけではない、はず？

そのまま先に進み、20層のリトルコアへ。道中は迷う様子もなく最短だったので、テンコのダンジョンの10層リトルコアを倒したのは初めてではないのだろう。

そして20層のひどいリトルコア戦を終える。

「どうでしょう？」

ユキが聞いてくる。

どうもなにも10層と全く同じパターンだったぞ？　20層まで力が足りているというのに、工夫も何もない力技と勢いだけの戦闘。

「世の中のダンジョン攻略の配信者と比べて、ボス部屋《げんち》までたどり着くのは早いな」

道中の魔物はレンやユキより遅く、そしてほぼ一撃。さすが2倍のステータス。

「だろう？」

素晴らしくいい笑顔を向けてくるレン。

「本音は？」

テンコが横から聞いてくる。

「無謀で無鉄砲、無駄撃ち無計画。ユキを危険に晒している」

「えっ！　ユキを……」

レンが絶句する。

おそらく死に戻りできるせいもあって、レンは自分の命を軽く考えている――が、ユキは違う。様子から見て、死ぬのも痛みも避けたいタイプ。レンはユキに痛いことはさせたくない。

「命を」ではなく「ユキを」と言った方がよく効くようだ。

ユキよりレンの方が、道中で見た身体能力的にレベルが上がっている。コイツ、絶対ソロで死に戻っているだろう？　それなりに痛いはずなんだがな。

まあ、深い層から戻るのはとても面倒くさいので気持ちは分かる。一瞬で1部屋目に戻れるのは手間がない。

「もう少し周りを見て、丁寧に戦え。余裕があるレベル帯での戦いは、深い層で魔物を倒すための練習だ」

これはサービス。

レンへというか、どちらかというと黒猫へのだが。

「う。がんばる」

レンが言う。

「……よかった」

ユキがホッとした顔をする。

「ユキは慎重すぎて出が遅い。出遅れているのにレンを庇おうと距離を詰めるせいで間が悪い」

邪魔だ。

……とまでは言わずに一応言葉を止める。

「う……。すみません」

自覚があるのか、バツの悪そうな顔をするユキ。

「同意見でよかった。２人を見ていると、こっちの心臓にも悪いのよ」

「本音か？」

念押しするようにテンコに聞き返す私。

心配するような間柄だったろうか？　テンコにはもっとドライな印象を持っているのだが。

「これに命を預けて深層を目指すかと思うと……」

袖で口元を隠して顔を逸らすテンコ。

……ダンジョンをもらっても、生産者は攻略が大変である。引きこもって生産をするには便利だが。

誰かに手伝ってもらうことはできるが、事情を知らん者を引き入れるには、ドロップ内容がかなり特徴的だし躊躇するだろう。その前に私の場合は家に入ってほしくないが。

そもそも30層以降を進む冒険者は少ない、黒猫の提示した50層の節目を目指し、越えて進むことを考えるのならば、イレイサーへの依頼が妥当。

テンコ自体も有名な生産者で、そして配信者でもある。１００層越えの知り合いはいるかもしれんが、このダンジョンの存在を教えるほどの信頼関係はないのだろう。

「ううう」

「すみません」

小さくなる２人。

「ダンジョンの攻略を始めて日が浅いのだろう？　敵の攻撃を受けても大したダメージがない場合にやりがちなことだ」

主に『運命の選択』をしたばかりの子供がだが。

ああ……。

『レンは『化身』になると、少し思考が幼くなるようです。そしてイレイサーの『化身』になると、生身での記憶が曖昧になるようです』

――だったな。『生身《そと》』でも似たようなものではあるが、あのノリは幼馴染といるからか。柊さんの前では取り繕っていた。

「子供返りか」

落ち着いているというか、おとなしいので気づかなかったが、冷静に見るとユキも少し。というか、付き合いがなさすぎて気づかん。

「……それ、大人がなるなんて聞かないわよ？」

「子供がなるものではなく、ダンジョンに入りたてがなるもののようだぞ」

私の呟きを拾ったテンコに返す。

長くても半年ほどで落ち着くので、ダンジョンに入りたてがテンション上がっているね、で済んでしまう――なにせ入りたては大抵子供だし――現象なのだが。

「ダンジョンによる『動くものを殺す罪悪感の軽減効果』ですね」

ユキも知っているようだ。

というか、レンのために調べたのだろう。

「え？　オレ？」

レンが目を白黒させている。

大丈夫、ユキとセットでだと思うぞ。程度はレンの方が重症だが。

子供のように無邪気に、魔物を殺す。子供返りが終わった頃には、魔物を倒すことに慣れている。

それが『子供返り』と言われる現象。魔物を倒すことに夢中で、社会的なあれこれ、後天的に記憶したモノを忘れがちになる。

例えば、触っては危険なものを躊躇なく触る。

例えば、何かを殺す姿を見られたくない者のことが心から消える。

憂《うれ》ごとは消え、ポジティブになることも多い。

無謀で大胆でモラルに囚《とら》われない。

それに、気持ちの落差の軽減のためか、『生身』に戻った時もその状態を少し引きずる者も多いらしい。

「じゃあ、落ち着くのを少し待てばいいのね。5年の期間では、3ヶ月でも長いこと」

テンコがため息をつく。

テンコの言う3ヶ月は大体子供返りがおさまる平均である。

……が、イレイサーになってから発症したものは、治るかどうかがまず半々。罪悪感なく対象を殺すために、わざとそうなっているのだろうと言われる。

言われているのが政府の某所なので、口にできんのだが。

「治ろうが治るまいが、戦闘の仕方は覚えられる。ツバキやカズマがどう戦っているか、見せてもらったらどうだ？」

そっと2人に押し付ける。

今まで一緒にいて、見てなかったわけではないと思うが、戦闘技術を盗むつもりで観察して欲しいところ。

ツバキとカズマ2人とも初心者2人に楽しく戦闘をさせて、フォローに回っていたようなところもあるので、次回はガッツリ戦闘をしてもらうといい。

まだダンジョンに入ったばかりのレンとユキ。レベルも上がりやすく、敵も倒しやすい、一般的に浮かれてダンジョンを楽しんでいてもおかしくない時期だ。

が、イレイサーに与えられた仕事、対象の暗殺には期限がある。楽しむのは、仕事を果たしたあとに回すのが妥当だろう。

「うん」

「はい」

素直でよろしい。

「私はどうも人付き合いが苦手で、物言いがキツくなる。最初に謝っておいて許されるものではないが——すまんな」

本当に何を話していいか間がもたん、たぶん相手に興味がないせいなんだが。

いや、興味を持ったところで、仕事や話すべきこと以外は何を話題にしていいか分からんな？

がんばれ、私！

「そういえば、テンコのダンジョンはリトルコアのドロップは魔法石系が多いのか？」

先ほどのリトルコアのドロップを見る限り、聞くまでもないのだが。付与はイレイサーの望みと聞いている。

ただ話題をですね？

「『協力者』のダンジョン偶数層は、『イレイサー』の必要とするもの、『イレイサー』のダンジョンでドロップするもの、が優先だもの」

テンコが分かっているでしょう？ という雰囲気で話し出す。

「だからリトルコアを含めたスライムは、ユキの望んだ付与のための素材を中心にドロップするわ。あとは植物系のドロップね。——魔法石は付与の素材でよく使うの」

やはり付与の素材が多く出るのか。

私のダンジョンのスライム、薬の素材や鉱物——弾丸の素材——も出るが、割とカオスなんだが。あれに規則性があったとは。酒が出たこともあるんでいいんだが。

「肝心の宝石は？」

「ドロップ率は上がっているわね。ただ、もともと出にくいものだから、2、3度リトルコアを倒してもドロップ率の上昇は感じられないかもしれないわ」

「ちょっと動物を狩り続ける自信がなかったので、ダンジョンの魔物は植物系にしてもらいました」

恥ずかしそうに答えるユキ。

「オレは強いやついろいろ!!」

元気よく答えるレン。

私のスライムのドロップがカオスなのは貴様のせいか!!

外伝　イレイサーの事情2

「黒ちゃん、おかえり！」

目の前に現れた黒猫におかえりの挨拶。

「おう！　もうすぐ来るぜ！」

黒猫の黒ちゃん、ダンジョンの『聖獣』なんだって。

「レン、聖獣に勝手にそんな名前を……」

「べつに構わねぇぜ。なんて呼ばれても、俺は俺で変わらない」

ユキが黒ちゃん呼びにダメ出ししようとしたところで、当の黒ちゃんから許可が出た。

「ユキ以外の『化身』の人に会うの、ほぼ初めてだからちょっと嬉しい」

黒ちゃんがもうすぐ来ると言ってるのは、イレイサーの『協力者』。

私とユキに1人ずつつけてくれるんだって。やってくれることは生産系のサポート、特にイレイサーの装備の修繕はちょっと外注できないからね。

あと、内緒だけどお薬系の生産者は、未だない『蘇生薬』が作れるらしい。

素材にイレイサーのダンジョンの100層以降のリトルコア——ボスキャラみたいなの——

から出るコアがいるんだって。

本当は２００層以降のコアが必要なんだけど、リトルコアのドロップに限って、倍の層相当になるんだよね、私のダンジョン。

代わりに青葉兄の倒す魔物からは、いわゆる『ハズレ』なドロップしかしなくなってるって。ざまをみろだよね！

その説明の流れで『蘇生薬』のことも教えてもらった。あの黒ちゃんの感じだと、あんまり他に教えてないんじゃないかな？

５年で２００層ってイレイサーでもハードル高いみたい？　外みたいに大人数ならいけるだろうけど、リトルコアの部屋に入る時は扉が光って消える間、『扉に触ってる人』15人が最大っていう制限があるし。

薬は買えばいいし、そもそもイレイサーのダンジョンって死んでも1部屋目に戻されて、1日イレイサーの『化身』になれなくなるだけなんだよね。

でも、欲しい。

だって、青葉兄妹がいるのはイレイサー《わたしたち》のダンジョンじゃないし、『化身』であってもユキが死ぬのなんて嫌だ。せっかく一緒にダンジョンに入れるようになったのに、そんな可能性は少しでもなくしたい。

それに欲を言えば、幼馴染の一馬と椿の分も『蘇生薬』は欲しい。

そういうわけで今から来る『協力者』の人はお薬が作れる人。で、できれば私の弾丸とか、グローブとか修理できる人。

黒ちゃんが少し悩んじゃったから無茶振りだったかも？　全部じゃなくっていいって伝えてるけど！

ユキと相談して、『蘇生薬』のことは言わないことにした。私たちが１００層に行けるようになったら教えようって。

さっさと１００層に行けって急かされるのも嫌だしね。

「レン、すごくそわそわしてる」

ユキがちょっと引いているのが分かる。

分かるけど、浮かれた気持ちはおさまらない。だって、ようやく自由で、ようやくみんなと同じにダンジョンに入れて、そしてユキも一緒だ。

ユキはあんまり戦うの好きじゃないって言って、買い物以外でダンジョンに入らなかった。戦いが好きじゃないっていうのも本当だろうけど、私に気を使ってが理由の大半。

でもこれで、一緒にダンジョンに入れる！

「そろそろイレイサーに変わっておく？」

「そうだね」

私とユキは、2つの『化身』を持つ。

1つは誰もが持っている『化身』。

もう1つは聖獣である黒ちゃんからもらったイレイサーとしての『化身』。

イレイサーは防具がユキとお揃い。真っ黒な神父さんみたいな服に、顔に張り付いたような仮面。

他のイレイサーも、ちょっと形は違うけど、ほとんど同じだって。

「また記憶飛ばさないでね？」

イレイサーに変わると、私の記憶は油断しているとちょっと曖昧になる。親しい人は覚えてる、だけどなぜか自分のことが。なんでだろうね？

性格変わる人は結構いるらしいし、『生身』のこと一切覚えてない人とかもいるんだって。

私は曖昧になっても、なぜか全く平気なんだけれど、ユキがとても心配する。

「大丈夫、浮かれてる自覚はあるけど。——はーい、どうぞ」

途中でノックが聞こえて、それに答える。

答えると、相手が扉を開けられるようになるんだって。不思議だよね。

入ってきた人は、白い髪をしたコートの似合う人。私の『協力者』。

「オレはレン！　よろしく!!」

イレイサーは顔も隠れてるし、正体は内緒。

幼い頃、自分は雪や一馬と一緒の『男の子』だと思ってた。男の子がするような遊びを、野山を駆け回って一緒にしてた。椿も一緒だったけど、椿は年上で、女の子なのは分かってたけど、凛々《りり》しい男の子みたいで――。

なのに町に行ったら、『女の子』を押し付けられた。お淑《しと》やかで静かで大人しくて――全然楽しくない。

今なら、男だとか女だとかじゃなくって、両親が求めて決めつけ、押し付けてきたのが嫌だっただけだって分かるけど。あと確実に隣の青葉兄が気持ち悪いことも拍車をかけてた気がする。

だって、椿に再会して、可愛いとか美人だって言われて嫌じゃなかったもの。

そういうわけで、『男の子』は過去の憧れ。でも、せっかく性別が違う姿をもらったんだから、楽しまなくちゃ！

「ユキと言います」

隣でユキも答える。

ユキは生身と変わらない路線。

「……ああ、よろしく頼む。ダンジョンではオオツキと名乗っている」

オオツキさんっていうんだ。

私とユキと黒ちゃん、部屋、一通り確認したみたい？　私たちの部屋はまだ何も持ち込んでないんだけど。

「出口がなくなってる」

そう思いながら部屋を見回したら、外への出口が消えてた。

「おう！　この部屋にダンジョンへの入り口以外から入った者がいると、外の世界に通じる場所がなくなるんだよ。オオツキが自分の方に戻れば出るから安心しろ。オオツキの方に通じる扉は、それぞれの最初の部屋にイレイサーと協力者が両方いる時に出現する。オオツキの方も一緒な」

この部屋から出られないけど、オオツキさんの方へ行く扉はある。

「ダンジョンへの通路はそのまま？」

あと、私とユキのダンジョンの先に進む通路はそのまま。

「通路はそのままだな。持ち主の許可がなければダンジョンの入り口自体が閉じてる。今はさっきの条件で入り口が閉じてるけど、そもそもこの部屋には許可がないと入れない」

と、黒ちゃん。

普通は他の人は1部屋目に入れないから、通路はそのままなんだ？

「イレイサーと協力者以外が最初の部屋に入った時は、ダンジョン同士を繋ぐ扉は消えたままだ。まあそんな仕組みだ」

プライバシー重視だね。

「5年のうちに最初のボスを倒さないと、魔物が外に出てくるんだっけ？　オレ、レベル1だけど早く倒せるように頑張る」

ユキと2人だし、なんとかなる。

5年のうちに青葉兄妹を倒せるようにならないといけないし。青葉兄妹は認めたくないけど強いから。

「2人分の生産をするのか？」

オオツキさん、レベル1はスルーなんだ？　レベル1だって言うと大抵質問攻めにされるんだけど。

「もう1人の協力者は現在選定中。まあ、初期で使いそうなもんとか、消耗品がアンタで、もう1人が防具系生産特化ってとこか？」

黒ちゃんが言うように、ユキの『協力者』は決まってない。

私の『協力者』が、何ができるか分かってから選ぶつもり——というか、私もユキもダンジョン攻略をしたことなくって、何が必要なのかさっぱりなの。

「ダンジョン自体に慣れてなくって、まだ何を選んだらいいか分からないんだ」

これから分かっていくつもり。

とても楽しみ。

「こっちは当面、傷薬や回復薬を作ればいいのか？」

「うん。引っ掻き傷くらいなら薬草貼っとけばいいんだっけ？　まだ2層の階段見つけたところだから。――でも、5層に行くくらいには、お守りに回復薬1本は欲しいかな？　あと弾丸！　でも弾丸は、拳もあるから急がなくてもいい」

ぎゅっと拳を握って見せる。

イレイサーはイレイサーの武器と、普通の『化身』の武器防具を使うことができる。私はこのグローブと銃だね。

『協力者』も新しく武器防具をもらってるんだっけ？　イレイサーみたいに『化身』はもらえないけど。

「依頼と受け渡し方法は？　ここに偶然同時に来ることを期待するのか？」

「いや、そこの木箱」

オオツキさんに答える黒ちゃん。

「オオツキの方にも、同じのが出てるはずだぜ」

「これに欲しいものを書いたのと、材料入れとけばいいってことか？」

ただの空箱だと思ってた！

「そういうこと！　木箱に入れて、この部屋を出れば、相手の木箱に移動する」

「なるほど」

へぇへぇ。

不思議設備だ！

「木箱の蓋は、持ち主しか開けられねぇし動かせねぇけど、ダンジョンに人を入れるなら気をつけろ」

「はーい！」

今のところ予定ないけど、入れるとしたら椿と一馬かな？　でもあんまりイレイサーのことは言いたくないな……。相手がアレとはいえ、人を襲うんだし。

雪も安全のために、誰にも教えたくないって言ってるしね。

オオツキさんは近いところに住んでるって黒ちゃんが言ってたから、市のダンジョンで会うことあるかな？

「俺からは以上だな。ま、あとは上手くやってくれ。あと、政府の支援を受けられない代わり、魔物からカードが出る率を少し上げてある。金で解決できることは金で解決しろ」

あ、増やしてくれたんだ？　ありがと。

お礼を伝える前に黒ちゃん消えちゃった、照れくさいのかな？

「あ、さっき拾ってきたやつ、何か使える？」

黒ちゃんが『協力者《オオツキさん》』を見つけて話してる間、我慢できなくってちょっとだけダンジョンで戦闘した。

「薬草とスライムの粘液は薬に使える。鉛は確か初級の弾丸に。他の鉱物も弾丸に使えると思うが、弾丸《そっち》の方は私の知識不足でまだはっきり答えられん」

私たちもレベル1だし、ちょうどいいと思う。しばらく一緒に手探りで頑張ろう。

「じゃ、鉱物《これ》はしばらく取っとく。生産のお代はどんな感じ？」

「初級の回復薬は生命、体力、気力共に、傷薬と毒消しは、それぞれ週に10本は無料でいい。初級の弾丸は１００まで無料だな」

「１００も使うかな？」

週に１００も魔物を倒す？　銃だけじゃなくって、グローブもあるんだけど。

あと装填面倒臭そう。銃の能力の分岐で簡単お手軽にできるみたいなこと黒ちゃんが言ってたけど。

「回復薬と違って使用期限はない。ダンジョンを進めば一発では倒せない敵も出るだろうし、取っておけ。最初の部屋なら置いておいても消えない」

「なるほど」

とりあえず保管しといて便利なら使えばいいのか。

「それ以外は材料を全部揃えてもらえれば無料、揃わないならその分を私が補填《ほてん》して、補填にかかった金額と手数料としてその5パーセントをもらう。料金は買う前に知らせる。ギルドで手に入らない素材がある場合は諦めるか、自分で調達を頼む。それと失敗で素材を失うこともあるが、責任はとれん」

「なんか大盤振る舞いな気がするけど？」

いいのかな？　素材をこっちで揃えたらタダ働きになるけど。

「私もダンジョンをもらったしな。弾丸はこれから学ぶが、能力的に中級クラスまでは失敗はない。装備系も簡単な修繕程度は任せてもらって大丈夫だ。薬系は安心していい」

オオツキさんは器用な人みたい？

「頼りにしてる」

「レベルが上がればまた状況が変わるだろう。その時はまた条件の相談を。町のダンジョンで必要な物や相場の情報を集めるなりした方がいい」

「ありがとうございます」

黙って聞いていたユキが頭を下げる。

ユキ的にも合格みたい。他にもいくつか決め事をしておく、基本不干渉主義なのかな？　私も雪もくっつかれるのは青葉兄妹で嫌になってるから、これくらいが嬉しい。

「弾丸は少し時間をもらうが、回復薬は環境を整えて2、3日中には箱に入れておく。早ければ明日の晩に」

「早ッ！」

明日にはできちゃうんだ？

「これが本職なんでな」

「おお？」

オオツキさんの『蘇生薬』に期待大！

「ただ、ダンジョン持ちになるのは初めてなんでな、もしかしたら設備の準備の面で時間がかかるかもしれん」

「大丈夫、こっちも手探り！　でも楽しい！」

この部屋にもいろいろ設備入れたい！　でも攻略もしたい！

「いろいろ調べる前に2層まで行ってしまいましたが……」

ユキが困ったように微笑む。

だって、階段があったら降りるでしょ？　降りたところで黒ちゃんに呼ばれたけど。

「えーと、冒険者カードは見せる？」

まだユキとしか交換してない。

「……一応、交換するか」

やった！　交換してくれるみたい。

このカードを合わせるやつ、なんか楽しい。たくさん『化身』の友達できるかな？

「大きなお世話かもしれんが、冒険者カードのレベル表示は消しておいた方がいいのでは？あと、ダンジョンは秘匿希望で登録した方がいい。ドロップ品を売らないならともかく、登録外のダンジョンのカードが、ギルドか政府の目に留まると詳細に調べられるぞ」

喜んでたら、注意された。

冒険者カードってそんなことできるんだ？　そういえばそんなことも聞いた気がする。自分は対象外って思ってたから、真面目に聞いてなかったんだよね。

冒険者ギルドや国の思惑もいろいろありそうでちょっと憂鬱《ゆううつ》。いろいろ調べたり学んだりしないといけない。

「ありがとう」

「ありがとうございます」

「こちらこそ」
お礼を言って解散。

自分には縁がないと思っていたので、学校で習った遠い知識の他は、よくニュースで流れる内容くらいしか知らない。あんまり意識してなかったんで、忘れてるというか、すぐにピンとこないことがすごく多い。

暇があったら雪と並んでタブレットを抱えて、知識をつけてる。黒ちゃんの提案してきた政府の協力は断っちゃったんで、他のイレイサーのことは分からない。

過去の冒険者同士の事件の検索をしてみた――いくつか掛かったけど、はっきり私たちと同じだと分かるのは、2件だけ。ずいぶん離れた場所なので、会うことはなさそう。

企業の起こした事件も調べる、特に両親と青葉の両親が勤めてたダンジョンダイブ社が絡むものを。こちらはよく分からなかったけれど、ダンジョンに影響を与えるような実験の継続ができるのは国か企業だよね。個人ではその理論にたどり着いても、実験を継続するのは難しいと思う。

国にも協力者がいるのは信じるけど、国の中でも意見が分かれてるなんてこともあるだろうし。どこまで保護してもらえるかなんて分からない。私たちがある程度強かったら違うかもしれないけど、レベル1だからね。自分で言うのもなんだけど、かなり特殊。さっさと自分たちで青葉兄妹《たいしょう》を倒しちゃうとかありそう。

黒ちゃんに教えられた国の機関の連絡先を見る。――どうしても困ったら連絡する方向で、今はスルーすることに雪と決めたんで、使うことはないんだけど、秘密の番号みたいで私がこれを持っていることがちょっと不思議。

◆◇◆◇◆

「おじいちゃん、椿と一馬に会って来ます。帰りは夜になると思うけれど、何かついでに買ってくるものは？」

雪と一緒に出かける前に、庭にいたおじいちゃんに声をかける。

「魚松の煎餅《せんべい》。あと茶が切れそうだ」

少しぶっきらぼうな返事が来る。

「はい。行ってきます」

「行ってきます」

車の運転は雪。

雪は私より断然安全運転。昔は18になるまで免許ってとれなかったみたいだけど、今はバイクと一緒で16からとれる。スピードとか、バイクとあんまり変わらないというか、車の方が車体が重い分遅いしね。

魚松の煎餅はおじいちゃんのお気に入り。昔は魚屋だったらしいけれど、私はその頃を知らない。田舎は何代も前の屋号で呼んだりする。

「お茶も魚松で揃うよね？」

「うん。お煎餅、売り切れることがあるから先に寄っておこうか」

雪の提案でお遣いを先に済ます。

安心、安心。

行先はダンジョン。

着いたらまず銀行でお金を下ろす。装備のだいたいの値段を調べたけれど、全部揃えるとさすがに少しお金がかかる。

両親の遺産や、保険のお金、引っ越してしばらくして地価の上がった町の家の売れたお金。結構すごいお金があるんだけど、正直お金に慣れてないし、外で必要なものと、ダンジョンで必要なものって値段が違いすぎてびっくりする。

30層を越えるための装備を揃えたら、安くても1千万単位だって。

9層までは普通のジャージで進める。10層の最初のリトルコアを倒すならば、きちんと装備を考える。20層のリトルコアはさらに気合を入れて――ここを越すと『攻略者』って呼ばれる人の仲間入り。

30層を越えると魔物も能力を使ってくるタイプが混じって、だいぶ大変。徐々に上がりづらくなっていくレベルが、1年以上魔物を倒していても上がらなくなるようなことになるタイミングとかぶるのが40層。

50層からはリトルコアも含めてほとんど全部の魔物が能力を使い出すから、リトルコアを越えてその先に進める冒険者は一握り。

リトルコアに挑むごとに装備を強いやつに新調してくのがスタンダードだって。

まあ、私と雪は初期装備も揃ってないんだけどね！

少し早いので雪とホームセンターを巡ったりして時間を潰し、待ち合わせの場所へ。引っ越してきたばかりだから、揃っていない家具とか雑貨も見たい。でもダンジョンにも篭りたい。1日の時間が2倍欲しいよ！

「蓮、雪」

先についていた椿が私たちに分かるように手を上げる。

椿は家が近く、越してきてすぐくらいに再会している。今日は午前中にダンジョンに入るメンバーと打ち合わせがあったらしく、お昼の待ち合わせ。家を出て、このダンジョンのそばで一人暮らし中なんだって。

もう1人の一馬とは今日が久しぶりの再会。

待ち合わせは、ダンジョンの外の一角にあるイタリアン。このダンジョンの外の、ホームセンターやスーパーなどが併設された場所はダンジョンの駅って呼ばれることがある。

他の都市との物流の拠点にもなるからって話だけど、その呼び名を使うのは待ち合わせがダンジョンの中なのか、外なのか間違わないようにだね。ダンジョンの中にもお店はあるから。

ダンジョンの駅は、食事をする場所も多いのでダンジョンに入らない私もよく利用してる。


とりあえずカフェラテを注文して落ち着く。

「爺様は元気か？」

椿が聞いてくる。相変わらずきりりとした美人。

ちょっときつい感じという人もいるけど、意志の強さを感じさせる眼がそう思われるのかな？　高い位置で結《ゆ》わえた真っ直ぐな髪が、若侍みたいなせいもあるかもしれない。私はきついと感じるより清廉な印象を受けるんだけど。

「元気。明日はまたダンジョンに行くんじゃないかな？」

昨日はおじいちゃんがいただき物のアジを持ってきて、夕食を一緒に食べた。

その時に昨日今日は農作業、明日はダンジョンだと言っていた。おじいちゃんは月に1度か2度、ダンジョンに入っているみたい。

「本当に元気だな……」

椿がちょっとびっくりしてるのか呆れているのか分からない感じ。

「佐々木のおばあさんは？」

「元気だが、遠出は面倒だと」

雪が聞いて椿が答える。

佐々木のおばあちゃん、若い時は――ううん。つい、2、3年前まではおじいちゃんと一緒にダンジョンに通っていたみたい。

ダンジョンでは『化身』になるし、気力さえ充実していれば問題ない。ただ、ダンジョンに行くこと自体が面倒になっちゃう人も多い。

「椿。用ならさっき――誰だ？」

背の高いがっしりした男が椿に声をかけ、向かいにいる私に戸惑う。

「一馬？　うわっ、胸がある！」

そういえば小さい頃も骨太でがっしりはしてた気がする。ただ、椿と私のあとをついて回って振り回されてた印象が強いので、男らしいとはまるで思っていなかった。

「胸？　本当に誰だ？」

「蓮。こっちは雪」

椿が私を指差して言う。

「ハロー」

手をひらひらさせる私。

「久しぶり」

笑顔の雪。

「は？」

固まる一馬。

「感動の再会だろう？」

ニヤリと笑って言う椿。

「はっ？　蓮？　胸、胸がある！　何で!?」

びっくりしすぎの一馬を、うるさいと言って脛《すね》を軽く蹴って黙らせる椿。なお、私の胸は残念ながら一馬みたいな胸筋じゃない。

「でかい図体で立っていないでさっさと座れ」

椿がニヤニヤ——絶対ニヤニヤ！——笑いを浮かべながら言う。

「雪、雪は変わらねぇが……」

視線を私から外さないまま、椿の隣に座る一馬。

「ちょっと待て、ちょっと待て」

座ってから、頭を抱えて机に向かって話す一馬。変。

「お前、男だって言ってなかったっけ？」

頭は抱えたまま、ちょっと顔を上げてこっちを見てくる。

「そういえば、一馬は告白して、蓮にそれで振られていたな」

「えぐるな！」

椿にからかわれて怒る一馬。

「ああ。ごめんなさい、それ勘違い。女だった」

幼い頃に好きだと言われて、男だけどと答えた思い出。

「何をどう勘違いしたらそうなるんだよ！」

「環境のせい」

たぶん。

隣で雪が声を出さずに笑ってる。楽しそうで何より。

「蓮は小さい頃も可愛らしくて男と言われても信じられなかったが、父親似と言われれば納得するしかなかったからな」

椿の言う通り、うちは母より父の方が線が細い。母は普通だと思うけど、父がちょっと異常。というか、ほぼ同じ顔で男の雪がいたし。なんなら雪の方が繊細な印象なくらい。

「さすがに10になる頃には違うのが分かったけど」

おじいちゃんも特に女の子だからとかは全くなかったから。

雪と同じ服だったたし、同じ行動だったし。両親は子供に興味はなくて、別に住んでた。手がかからなくなったらというか、父の世話ができる年齢になったら呼ばれたけど。あの人、生活力全くなかったんだよね。

1日中音楽を聞きながら寝そべってるような人。働いてないんだと思ってたら、亡くなった時に会社から母ともどもいろいろ通知やお金が出て、びっくりした。何してたんだろ？

「えー……。ちょっとまだ心の整理がつかねぇ」

頭を抱えっぱなしの一馬の代わりに飲み物を注文する椿。ついでに2人で食事のメインも決めて頼んでしまう。

「……婚約者はどうした？」

放っておいたら、しばらくして一馬がぼそりと聞いてきた。

「婚約者？」

首を傾げる私。

「舞さんが隣の子と婚約してるって」

舞は私の母の名。

「気持ち悪い……」

雪が嫌そうに呟く。

「婚約者では全くないし、むしろストーカーで被害届を出したよ。親の中ではそうだったのかもしれないけれど、本人の合意なしは犯罪。──家の連絡先、よく分かったね」

私は引き取られた当初、考えなしに帰りたいと言ってしまったがために、おじいちゃんの家や佐々木の家の連絡先は隠されたのだけれど。

「住所は知ってたから、15くらいの時に家に行った」

「は？　お金はどうしたの？」

「高いよね？」

一馬の告白に、私と雪が目を丸くする。

車も魔石で動く。積載重量も多くなくて一般の車は実質2人乗り。魔石は産出したダンジョンから一定距離以上離れると効力が弱くなり最終的に砕けてしまう。魔石の出た層が深いほど、ダンジョンから離れても平気な距離は長くなるけど、その分お高いし、魔石からエネルギーを取り出す動力機構も高くなる。

リレーのように乗り継いで行くことは可能だけれど、速度は遅いし、途中の宿泊も考えるとかなりお金がかかる。

「お前、入れる許可が下りたあと、ずっとダンジョンに入り浸ってたのってそれか。いやでも蓮のことは男……」

私はちょっと嬉しかったが、椿がちょっと変な顔。

「うるせぇよ！」

一馬は真っ赤になって頭を抱えている。

「それにしてもいい胸。ちょっとあとで揉《も》ませて？」

一馬は今まで周りにいなかった胸の持ち主だ。

ダンジョンに行けば、漫画みたいな肉体の持ち主は珍しくないんだろうけど。

「蓮……」

私の趣味を知っている雪は困ったような顔。

ついでに私がこんなことを言い出すのは、椿と一馬だけってことも理解してるから、強くは止めないんだと思う。

「は？」

「蓮、こいつは女50人切りとか阿呆なことを言っている男だぞ。我が弟ながら汚物だ」

間抜けな声を上げる一馬に、冷ややかな視線を向ける椿。

「ごじゅうにん……」

雪が目を丸くしてる。

「へえ？　まあ、じゃあ私に揉ませるくらいなんてことない？」

「待て待て待て。おかしいだろう今の流れ！　俺の胸？　椿、あとで覚えてろよ？」

「自分で吹聴していることだろうが」

鼻で笑う椿。

「一馬はダンジョンの姿の方が胸があるが、見てみるか？」

「見る」

椿の言葉に即答する私。

「胸目当てやめろ！」

「尻も好きですよ」

「清楚系の真顔で本当にやめろ！」

正直に答える度、一馬から抗議が来る。

「50人切りに人権はない」

「ちゃんと合意の上だし、もうしねぇよ！」

幼い頃は「弟に人権はない」だったな、そういえば。懐かしい。

「……お前、もしかして真面目に初恋を拗らせてただけか？」

椿が一馬に胡乱《うろん》な目を向ける。

「うるせぇ！　雪も黙ってないで助けろ！」

椿の言葉に真っ赤になって声を荒げる一馬。

くすくす笑う雪。

「ああ、私が男だって答えたせいで自分の性癖が揺らいで不安になっちゃったか。ごめんね、お詫びにピーマンを食べてあげる」

「ピーマンはもう食えるっての。そういえば子供の頃もダブルでやり込められてたんだったた……」

がっくりと項垂《うなだ》れる一馬。

お昼を食べたあとは3人でダンジョンに入ってみることになった。

「説明した通り、私はまず装備からなんだけれど、いいの？　2人は有名パーティーのリーダーなんだよね？」

幼馴染だからといって、特別扱いは気が引ける。

「パーティー活動がオフの日に何してようと俺の自由だ」

「女を引っ掛けてるよりは健全でいい」

「くそっ」

口の端だけで笑って言う椿に一馬が悪態をついて黙る。


私は冒険者登録から。受付の人は椿と一馬を知っているらしく、ちょっと怪訝そうな顔をされたけど、特に何も聞いてこなかった。

「とりあえず防具がローブなのは分かっているから、ポンチョの貸し出しとパンツの購入はいいかな？」

変転すると『運命の選択』でもらった装備しか着てないいんだよね。ダンジョン用の装備を買って、『変転具』に登録しておけば別だけど、買い物今からだし。

だから初めてダンジョンで『化身』になる時って、姿がどんなに変わっても平気なように、てるてる坊主みたいな長いポンチョみたいなのを着る。

「ぶっ！　ノーパンやめろ！」

見えないからいいかと思ったけれど、ダメだったらしい。

ここのダンジョンは大規模ダンジョンと呼ばれ、最初の部屋は大空洞と呼ばれるほど広い。

その最初の部屋にある冒険者たちが変転や【封入】【開封】などをする場所に連れられ、３人一緒に変転する。

「おお、本当だ。胸が大きい」

隣のカズマを見たら、胸だけじゃなくて逆三角形の格闘ゲームキャラみたいな体型をしている。

「ツバキもかっこいい」

ツバキの姿はそんなに変わらなくって、涼やかな剣士。でも普段の椿の格好と違って、おへそ出てるね、『運命の選択』の防具なのかな?

「ありがとう。レンはいっそう可憐だが、ユキも輪をかけて可憐だな」

「僕はもうちょっと男らしくなれることを期待したんですけど……」

ツバキの言葉に困ったように笑う雪。

「おま……っ、胸」

カズマが身をのけぞらせて真っ赤になっている。

「確かにだいぶ主張が激しいようだな」

ツバキが顎に手をやってまじまじと見てくる。

「揉む？」

私は揉んだ。

「レン……」

ユキが残念そうな顔で私を見てくる。

「あとで頼もう。こちらも見せようか？」

襟元に手をかけてみせるツバキ。

ぺったんな胸もいいものだよね。スカートの下の下着の構造も気になるけど。

「見る」

「よせ！」

即答したらカズマに止められた。

「くっくっ」

笑いを堪えられず肩を揺らすツバキ。

幼い頃も私と椿が無茶をして、一馬が止めようとするのがパターンだった。本当にダメな時は、一馬の後ろで笑っている雪も止めに入る。懐かしい。

いつまでも裸足でいるわけにはいかないので、移動して買い物。予算を告げてコーディネートはツバキにお任せ。

浅い層で運動するくらいならともかく、ボス討伐を目指すならば、それなりの装備がいるんだけど、値段が品質に合ってるのか、まだ私はよく分かっていないのでお願いした。

「下着は白か、ストライプか、レースか。カズマはどれがいい？」

「ツバキ、私に聞け。なんでカズマ」

愉快そうに笑っているツバキ。

「その方が面白い。これなんかどうだ？」

真面目な顔をしたツバキが、レース付きの下着のセットをカズマの方に向ける。

「やめろ！　俺に向けるな！　俺に聞くな！」

通路から喚《わめ》くカズマ。

私たちがいるのは下着売り場、しかも女性用。下着売り場まであるとは思わなかった。冷静に考えれば、ないと困るのだけれど。

「喚くと余計目立つぞ」

恥ずかしいならどこかで待っていればいいのに、なぜか通路までついてきて恥ずかしがっているカズマ。

ただでさえこの2人は、このダンジョンで攻略組と呼ばれる有名人。さっきからチラチラ見られているのだけど大丈夫なの？

「一馬が愉快だ。これなんかいいのではないか？」

真面目な顔でパンツを広げないでほしい。

「ツバキ、下着を買いに来たわけではないです」

カズマの隣のユキから困惑したような声があがる。

カズマをからかうことが楽しくて仕方ないみたい。ツバキがすごく浮かれている、私も、ユキもカズマも。４人揃うと、本当に昔に戻ったみたい。


「よし、これで完璧だろう」

満足げなツバキ。

「うわ。外見詐欺《さぎ》」

「レン、自分で言うの？」

「ユキはとっても文学青年！　綺麗だしかっこいいよ」

ユキと２人、お互いの装備を見てきゃっきゃと喜ぶ。

「２人まとめて変なやつに引っかからないようにな」

なぜかカズマが心配そう。

「他所《よそ》のダンジョンより治安はいいが、絡まれないよう気をつけろ。自分でコーディネイトしておいてなんだが、おとなしやかに見えて妙なのが寄ってくるかもしれん。絡まれたら、私かカズマの名を出して構わない」

ツバキも一転真面目な顔。

「ちゃんと自分で断れるよ。それはそうと、高いんじゃないこれ？」

強化ありのジャージでよかったのだけど、それは2人掛かりで却下された。

「カズマが出すから大丈夫だ」

「何で俺!?」

「好みドンピシャだろ」

ふふんという顔をして、カズマを見て笑うツバキ。

「くっそっ」

目を逸らすカズマ。

「ユキの分は私が出すよ。2人の帰郷祝いだ」

嬉しそうに笑うツバキ。

私とユキは装備一式をタダで手に入れた！　——あとで何かで返さないとね。

装備を揃えたあとは、ダンジョンへ。

「6層に降りようか。良い装備を買ったし、例え攻撃を受けても大したことはない」

ツバキが言う。

5層までの敵はそう強くないし一度に出る数も少ないから、それこそなんの強化もないジャージで運動感覚で潜る人も多い。だから混んでいて魔物の取り合いになっているのだけれど。

5層はリトルコアがいるダンジョンといないダンジョンがある。このダンジョンはいるけれど、動かないタイプなのでスルーして6層に降りられるんだって。

ダンジョンのフロアを動き回るタイプはちょっと厄介だけど、動かないならチャレンジしたい人がすればいいし、したくない人はスルーできるから、1部屋目が広いことと合わせて、とても条件の良いダンジョンってことらしい。

でもドロップ的には珍しくもないものばかりでちょっと残念、というのがこの市のダンジョンの評価だって。

それはそうと、6層は6層で友達同士とかカップルとか、数人でパーティー組んでる人が多くて、倒すべき魔物がなかなか見つからない。

結局7層目でようやく誰にも追われていないフリーのスライムを発見。薄緑色の丸いやつだ。

「ちょ、ちょ！　銃なのになんで突っ込んでく！」

カズマが慌ててついてくる。

「落ち着けカズマ、ここは7層だ。レン、ユキも魔法だし、2人とも離れたところから攻撃ができるだろう？」

ツバキは慌てず騒がず。

数も増えるし、ちょこっとだけ4層より強いけどスライムと戦って死んじゃうとかはない。確実に当てる方が良くない？　それにグローブの間合いの取り方も覚えときたい。弱い魔物で保護者付きで練習できるんだもん、安全圏から攻撃するのはまた今度！

「レン、落ち着いて！」

ユキが叫ぶ。

ユキは怪我なく慎重派。確実に治るって分かってても、自分も含めて怪我をするのは嫌。これは子供の頃のちょっと危ない遊びの時から。

ごめんね、心配かけて。でも早く強くなりたい――ううん、体を動かしたいだけ。ずっとままならない体調だったからね！

一撃とはいかなかったけど、簡単に倒せた。ツバキとカズマは見守ってくれてるだけだったけど、ユキと2人だったからね。

そしてレベルアップ。1桁代はレベルアップが結構早い。

「わあ、こうなるんだ？　他の人には見えないでしょ？」

「うん。僕も上がって、カードが目の前にあるんだけど、レンも見えてないよね？」

「うん、見えてない！　不思議だね」

レベルアップすると【椿】【杜若】【藤】【桜】【菊】【梅】の6枚のカードの中から4枚が目の前に出てくる。この4枚からさらに自分で2枚選ぶ。

花の模様でそれぞれ上がる能力が決まってるんで、どの花で何が上がるか一番最初に頑張って覚えたよ！

どれも欲しいけど、まず気力かな。銃とか弓の人って、魔法使いと同じく気力を上げた方がいいんだって。気力を弾にして撃ち出せるんだよね。スライム相手に弾丸を使っていたら赤字もいいところだって分かったし。

「どうしよう……」

隣でユキが悩んでる。

「私は決めた！」

【杜若】は『水』『気力』、心の強さ、えいっとばかりにカードに触れる。力む必要ないんだけどね。

「……気力を狙ったら、水属性が出ました」

ショック！

「あるある」

笑いながら言うカズマ。

ダンジョンの深層攻略が難しいのは、今回みたいに欲しい基礎能力が引けないことが大きい。一応、属性も強くなればいろんな効果があるみたいなんだけど、極端な話、このまま属性しか出なかったら詰んじゃう。

そんな感じで9層までをうろうろ。

ツバキとカズマは基本戦闘には参加しないけど、いざとなったら助けてもらえる安心感があるのとないのとでは大きく違う。何よりお喋《しゃべ》りしながらの道中は楽しい。

「だるい」

もう動きたくない。

「気力切れが近いのだろう」

「終了か。ま、いい時間だし飯食って帰ろうぜ」

結局レベルは3になった。ドロップは大半がスライムの体液で、次いで薬草、皮膜が少し、核が少し。魔石が1つ。

結構な数を倒したのだけれど、当たりはなし!

4人で夕ご飯を食べて、解散! 次の約束が嬉しい。

おじいちゃんのいる離れに煎餅や茶以外にも食材を差し入れて、本日は終了。ちょっと買い物に時間をかけすぎちゃった。

今日は幼馴染たちと一緒に過ごせて楽しかった。うっかり口調も態度も幼い頃にだいぶ戻ってしまったけれど、あの2人相手にならそれでいい。初めてのダンジョンも山の中で無茶をしていた頃の記憶を呼び起こして嬉しくなった。

実力的にパーティーに入れてくれとは口が裂けても言えないけれど、また一緒に——今度は一緒に戦えると嬉しい。

頑張らなくちゃ。

あとがき

こんにちは、じゃがバターです。

『プライベートダンジョン2』をお送りいたします。

要（オオツキ）、2巻になってもまだ人との交流が気薄なまま、そして田舎の大自然に負けています。ダンジョン内での戦闘では強いんです。比較対象になるキャラの出番がないせいで、際立たないだけで！

一人で過ごすことが好きな人間もいるので、要本人はいいのですが、作者としてはもう少し交流してもらわないと、どうしようこれ？　と。

こんな主人公ですが、お楽しみいただければ嬉しいです。

オオツキ：選択ボッチだ
レン　：自分でボッチって言った
ユキ　：寂しいですが、気が合う合わないはありますし……
レン　：確かにオレも青葉と仲良くするくらいならボッチ選ぶ！

ツバキ：一緒に40層越えあたりに行けば、仲良くせざるを得んのではないか？
レン：ああ、命かかってればオオツキさんに頼ってもらえる？
ユキ：生産メインの方を無理に連れていくのは……
カズマ：むしろその時点でダメだろ
レン：お互いの命ギリギリなところで芽生える友情！
ユキ：せめて守る方は強くなくてはだめでは？
カズマ：迷惑だろうが
レン：まあ冗談だけど、オオツキさんと仲良くなりたい！
鷹見：――美味い焼肉屋ができたのですが、お誘いしても？
オオツキ：行く
レン：即答!?
ユキ：オオツキさん……？

2024年水無月吉日

じゃがバター

次世代型コンテンツポータルサイト

ツギクル　https://www.tugikuru.jp/

「ツギクル」はWeb発クリエイターの活躍が珍しくなくなった流れを背景に、作家などを目指すクリエイターに最新のIT技術による環境を提供し、Web上での創作活動を支援するサービスです。

作品を投稿あるいは登録することで、アクセス数などの人気指標がランキングで表示されるほか、作品の構成要素、特徴、類似作品情報、文章の読みやすさなど、AIを活用した作品分析を行うことができます。

今後も登録作品からの書籍化を行っていく予定です。

ツギクルAI分析結果

「プライベートダンジョン2　～田舎暮らしとダンジョン素材の酒と飯～」のジャンル構成は、SFに続いて、ファンタジー、ミステリー、歴史・時代、恋愛、ホラー、青春、現代文学の順番に要素が多い結果となりました。

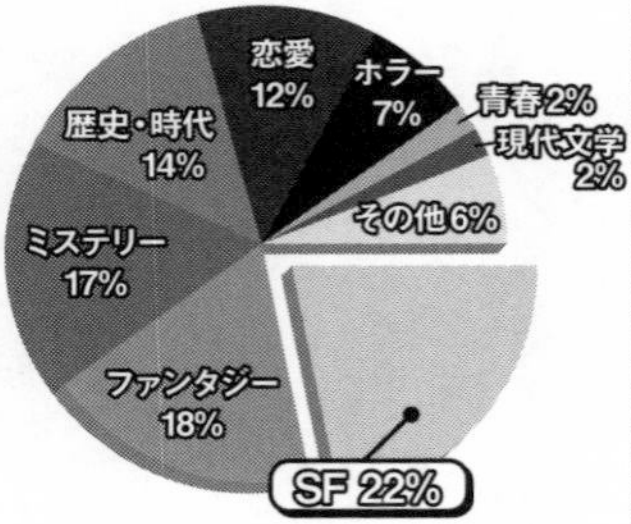

期間限定SS配信

「プライベートダンジョン 2 ～田舎暮らしとダンジョン素材の酒と飯～」

右記のQRコードを読み込むと、「プライベートダンジョン2 ～田舎暮らしとダンジョン素材の酒と飯～」のスペシャルストーリーを楽しむことができます。ぜひアクセスしてください。
キャンペーン期間は2025年1月10日までとなっております。

ツギクルブックス

愛読者アンケートに回答してカバーイラストをダウンロード！


愛読者アンケートや本書に関するご意見、じゃがバター先生、しの先生へのファンレターは、下記のURLまたは右のQRコードよりアクセスしてください。

アンケートにご回答いただくとカバーイラストの画像データがダウンロードできますので、壁紙などでご使用ください。

https://books.tugikuru.jp/q/202407/privatedungeon2.html

本書は、カクヨムに掲載された「プライベートダンジョン」を加筆修正したものです。

プライベートダンジョン2
～田舎《いなか》暮《ぐ》らしとダンジョン素材《そざい》の酒《さけ》と飯《めし》～

2024年7月25日　初版第1刷発行

著者　じゃがバター

発行人　宇草 亮
発行所　ツギクル株式会社
〒105-0001　東京都港区虎ノ門2-2-1
発売元　SBクリエイティブ株式会社
〒105-0001　東京都港区虎ノ門2-2-1

イラスト　しの
装丁　株式会社エストール

印刷・製本　中央精版印刷株式会社

定価はカバーに表示してあります。

乱丁本、落丁本はお取り替えいたします。

ISBN978-4-8156-2773-7
Printed in Japan